All BDSM

Bakre Ingång

Erika Sanders

All BDSM
Bakre Ingång
Erika Sanders

All BDSM

Synopsis

Den består av följande romaner:
    Bakre Ingång
    Smal Rumpa Hål
    Upptäcker Bakentrén
    Riskabel Back Bet

All BDSM är en roman med ett starkt BDSM erotiskt innehåll och i sin tur en ny roman som tillhör samlingen **Erotisk Dominans och Underkastelse**, en serie romaner med ett högt romantiskt och erotiskt BDSM-innehåll.

(Alla karaktärer är 18 år eller äldre)

Anmärkning om författare:

Erika Sanders är en internationellt känd författare, översatt till mer än tjugo språk, som signerar sina mest erotiska skrifter, bort från sin vanliga prosa, med sitt flicknamn.

Index:

ALL BDSM
BAKRE INGÅNG
ERIKA SANDERS

BAKRE INGÅNG

JUBILEUM ÖVERRASKNINGSFEST

15

KAPITEL I

De var bästa vänner på gymnasiet. Och de har varit bästa vänner sedan dess.

Även om de var vuxna som bodde i storstaden, med sina egna karriärer och sina egna hektiska liv, hittade de fortfarande tid att träffas minst en gång i veckan på ett café i centrum, där de delade med sig av uppdateringar om sina liv.

De var fortfarande klädda i sina kontorskläder när de pratade över kaffe.

"Så, min femårsjubileum närmar sig," sa Lesley och syftade på hennes äktenskap med Rob.

Marlene skärpte blicken. "Du vet, 5 år är en stor sak, speciellt nuförtiden. Du vet vad det betyder, eller hur?"

"Den där?"

"Det betyder att du måste ge honom något extra speciellt den här gången, och vice versa också."

Naturligtvis var Marlene auktoriteten i detta. Hon arbetade för en dejtingsajt och var en professionell matchmaker. Hon var också relationsterapeut och äktenskapsrådgivare.

Oavsett hur tvivelaktig Marlenes karriär verkade för Lesley, var det ingen tvekan om att den var effektiv. Marlene hade ett gott rykte för att föra människor samman och få svåra relationer att fungera. I den stora staden där de bodde var folk mer än villiga att betala Marlene stora pengar för hennes vägledning.

"Vid det här laget är det svårt att få något bra för Rob," klagade Lesley. "Han är en diskret person och han har redan allt han vill ha."

"Gör sedan något speciellt. Laga en stor måltid till henne. Ge henne en överraskningsfest. Vad som helst."

"Tyvärr är Rob en mycket bättre kock än jag. Och han hatar överraskningsfester. Han tycker att de är barnsliga."

"Bra sex fungerar alltid", sa Marlene skämtsamt och tog en klunk av sitt kaffe. "Män uppskattar alltid ett bra avsugning när det är möjligt."

Lesley rodnade, "Gud, håll det nere, vill du?"

"Se, allt jag säger är att 5 år är en stor sak. Speciellt nuförtiden. Du kanske vill tänka på något speciellt."

"OK."

"Jag har alltid rätt", blinkade Marlene.

KAPITEL II

Råden i sig var inte dålig. Lesley tänkte på det på vägen hem. När hon klädde av sig i sitt sovrum insåg hon vilken lycklig kvinna hon var.

Jag var gift med en fantastisk kille, hade ett bra jobb och hade en underbar grupp vänner att lita på. Vid 33 års ålder mådde han bra.

Men vad skulle hon ge Rob för deras femårsjubileum? Han hade redan allt han ville ha. Han var ingen kinkig kille. Den var enkel i sin smak. Han jobbade som försäkringssäljare och på fritiden gillade han sport och umgås med sina vänner. Det var det.

Normalt sett älskade Lesley det faktum att han var så kravlös, eftersom det gav henne mer tid att fokusera på sina behov.

Nu, mer än någonsin, ville hon göra saker åt honom. Hon ville behaga honom. Och hon var fast besluten att få deras äktenskap att bestå.

Hon tittade på sig själv i sovrumsspegeln. Han var fortfarande i bra form. Hon var en idrottare på gymnasiet och college, men sedan hon blev kontorsarbetare var det svårare att hålla samma form. Hon hade lagt på sig några kilo runt höfterna och låren. De flesta skulle inte ha märkt det, men hon var alltid medveten om sitt utseende och höll koll på varje förändring som hennes kropp gjorde.

Dags att dra ner på lite kolhydrater, tänkte hon.

Annars såg det jättebra ut.

Hon halkade i sina bekväma, avslappnade hemkläder: träningsbyxor och en överdimensionerad T-shirt. När det stora jubileet närmade sig var det dags att vara en bra hemmafru och laga middag.

KAPITEL III

Arbetet var intressant dagen efter. Lesley arbetade för en medelstor reklambyrå, där hon kunde utföra arbete hon älskade. Hon älskade att samarbeta med sina kollegor och att vara kreativ.

Men i bakhuvudet var allt han kunde tänka på deras kommande årsdag och samtalet han hade haft med Marlene.

Med allt på gång på kontoret utnyttjade Lesley sin paustid för att gå till det privata badrummet och ringa sin bästa vän. Gratis råd om relationer var alltid välkomna.

När allt kommer omkring, om Lesley hade rätt, visste hon att Rob måste ha planerat något speciellt eget. Det var lätt att göra något speciellt för Lesley. Hon hade många saker som hon tyckte om, inklusive överraskningsfester, fina middagar och naturligtvis dyra smycken.

Jubileumspresenter var något Rob aldrig glömde. Varje år såg han till att ge henne något väldigt fint. Varje år lyckades hon alltid toppa föregående års present, varför Lesley var tvungen att hitta på något alldeles speciellt.

Han gick in i badrummet och ringde med sitt snabbval. Lyckligtvis hade Marlene också ledig tid och de pratade kort innan de gick rakt på sak.

"Jag tror du har rätt", sa Lesley och satt i badrummet med telefonen i handen. "Något romantiskt är nog den bästa idén."

"Nu får du det. Bra för dig."

"Problemet är att jag inte har några idéer."

"Vad sägs om sexiga outfits? Du vet, underkläder, genomskinliga bh och trosor, sånt."

"Rob skulle inte gilla det," svarade Lesley. "Varje gång jag köper något sexigt vill hon att jag ska ta av det så fort som möjligt. Hon gillar bara nakenheten."

"Vad sägs om rollspel? Det finns många heta scenarier."

"För klibbig."

"Oralsex?" frågade Marlene. "Var är du med det?"

"Det är inga problem där."

"Sväljer du?"

"Det är praktiskt taget en vana", svarade Lesley med en antydan till förlägenhet. "Där ligger rubbet, det ser ut som att vi har täckt alla baser."

"Vad sägs om analsex?"

Frågan stoppade Lesley i hennes spår. Hon var chockad ett ögonblick och i ett tillstånd av mild misstro. analsex? Var det verkligen svaret? Marlene var experten och hon tog upp det av en anledning.

"Vi har aldrig gjort det", svarade Lesley.

Det måste ha legat något i Lesleys svar, för tonen i hennes röst fångade Marlenes uppmärksamhet.

När allt kommer omkring var Marlene en kvinna som specialiserade sig på dejting, relationer och sex. Hon gjorde en framgångsrik karriär av det, vilket inte många kan göra.

"Har du någonsin experimenterat med anal förut?" frågade Marlene i en suggestiv ton. "Jag menar, utan Rob. Har du gjort det med tidigare partners förut?"

Som bästa vänner har Lesley och Marlene diskuterat sina sexliv förut, förstås, men aldrig så här detaljerat. Detaljnivån började göra Lesley obekväm, men hon kunde inte klaga. Det var trots allt hon som bad om de kostnadsfria råden.

"Jag har aldrig haft analsex förut."

"Inte ens ett finger?"

"Jag har haft ett finger," erkände Lesley. "Inget annat ."

" När egentligen ?"

"Någon kille jag dejtade en kort stund på college?"

Marlene var fascinerad. "Verkligen, college? Vem var det? Mark? Dave?"

"Det är inte viktigt just nu," svarade Lesley och skakade på huvudet. "Det viktiga är Rob och jag."

"Jag tror att vi har hittat ditt svar."

"Analsex?"

"Ja."

"Sex på min rumpa?" Lesley bad igen om bekräftelse.

"Det är ungefär samma sak."

"Och hur ska det fungera för vår årsdag? Ska jag öppna rumpan och säga till honom att det är dags att knulla?"

"Det är en bra början."

"Jag var sarkastisk," suckade Lesley.

"Tja, det var en bra idé ändå."

"Jag menar allvar, Marlene."

"Jag också. Det här behöver inte vara raketvetenskap. Män älskar sex. Ibland är det så enkelt. Ta på dig sexiga underkläder, ge honom en het avsugning och ge honom din anala oskuld. Jag garanterar att Rob kommer att bli kär i alla fall. om igen." Helvete, han kanske till och med gifte sig med dig igen."

Lesley var tyst ett ögonblick. Hennes bästa vän hade rätt, hur elak hon än verkade vara.

"Jag ska tänka på det," sa Lesley.

"Det är något du inte har berättat för mig än."

"Vad är det?"

"Har Rob någonsin bett om analsex?"

"Aldrig", svarade Lesley.

"Tror du att han vill ha det? Jag menar, har han någonsin masserat din rumpa? Smickrar han din rumpa? Stirrar han på din rumpa?"

"Ja, till allt ovanstående. Tror du att det är ett tecken på att han i hemlighet vill ha analsex med mig?"

"Kan vara," sa Marlene. "Han kanske vill ha det, men han är för blyg för att be om det."

"Jag vet inte. Om Rob ville ha analsex, skulle han ha bett om det."

"Han kanske inte vill skrämma dig. Eller så är han rädd att du ska tro att han är någon sorts pervers."

Lesley nickade. "Kanske."

Nu den sista frågan, som du inte heller har nämnt.

"Vad är det?"

"Har du någonsin fantiserat om analsex förut?"

Gud, det var en bra fråga. En som Lesley visste svaret på direkt, även om hon skämdes lite över att diskutera det, även med sin bästa vän av alla människor.

"Självklart gör jag det," erkände Lesley. "Inte nyligen. Men det har jag tänkt på. Jag tror att det har gått i huvudet på varje tjej någon gång."

"Så vad har hindrat dig under alla dessa år?"

"Vad tror du?"

"Berätta för mig."

"Det är inte komplicerat", svarade Lesley. "För att uttrycka det rakt ut, kukar är stora, rumpor är små. I mitt fall, liten. Så enkelt är det. Det var därför jag tog steget. Jag är inte gummi. Jag är en människa."

"Älskling, många kvinnor har analsex nuförtiden. Och många kvinnor tycker mycket om det."

"Inklusive dig?"

"Definitivt jag".

Lesley log, "tror jag."

"Därför att?"

"Du verkar vara den anala typen. No offence."

"No offence", svarade Marlene. "Smärtan är värd orgasmen."

"Känns det verkligen så bra?"

"Jag skulle kunna berätta för dig. Eller så kan du uppleva det själv, på din årsdag med Rob."

Lesley stannade en stund. "Hur ska jag veta om det här är rätt för mig?"

Det finns bara ett sätt att ta reda på det: fråga honom.

KAPITEL IV

Den natten. Med deras årsdag bara några dagar bort gjorde Lesley allt hon kunde för att vara den perfekta frun.

Hon hade en vacker klänning på sig och hon lagade middag med ett recept som hon hade lärt sig på nätet. Måltiden blev naturligtvis inte särskilt bra, men han försökte i alla fall.

Efter att ha slappat i soffan framför tv:n var det äntligen dags för sängen.

De kysstes passionerat och Lesley knäppte upp baksidan av sin klänning. När de förberedde sig för att älska var ämnet analsex ständigt i hennes sinne. Det var allt han kunde tänka på när de kysstes.

Hon ville inte förstöra överraskningen, men hon kunde inte heller låta bli. Jag var bara tvungen att veta om Rob skulle tycka att det är en bra idé eller inte. Det värsta scenariot skulle vara att erbjuda honom analsex på deras jubileumskväll, bara för att han skulle bli upprörd. Då skulle det vara för sent. Natten skulle vara förstörd.

Så jag var tvungen att fråga nu. Hon avslutade kyssen och tittade sin man rakt i ögonen.

"Jag har tänkt", sa hon. "Vår femårsjubileum närmar sig, som du säkert redan visste."

"Hur kunde jag glömma?"

"Varför inte göra något speciellt då?"

Rob log, "Något du tänker på?"

Det var sanningens ögonblick, och hon försökte verka så självsäker som möjligt när hon kom med förslaget.

"Vill du prova analsex på vår jubileumskväll?"

Hennes ögon var fästa i hennes mans ansikte och väntade på några tecken på reaktion så att hon kunde analysera det. Jag ville veta alla hans tankar och hans öppenhet för ett nytt sexuellt äventyr.

Visst nog, genom de subtila förändringarna i Robs ansikte, verkade det som om han var intresserad av idén, och Lesley kände en konstig känsla av lättnad, som om hon hade hittat den perfekta presenten till deras årsdag.

"Anal va? Det låter intressant. Har du gjort det här förut?"

Hon skakade på huvudet. "Nej, det har jag aldrig gjort".

"Har det här varit något du velat ha ett tag?"

"Lång historia", svarade hon. "Men något sådant."

Han fortsatte att le, "Varför vänta? Du ser vacker ut i den röda klänningen och vi är båda på humör. Varför gör vi det inte nu?"

"Nu?"

Shit, tänkte han.

Jag var varken mentalt eller fysiskt förberedd. Men vad är problemet? Om Marlene kunde göra det så lätt, så kunde Lesley också göra det. Som Marlene nämnde gör många kvinnor det idag.

Det var dags att sluta vara fegis och slutligen förlora sin anala oskuld.

"Jag ska hämta vaselinet," sa han med en känsla av självtrots .

"Är du säker på att du vill göra det här? Du ser så...rastlös ut."

"Jag mår bra. Lita på mig, jag mår bra."

Han gnuggade sig på axlarna. "Jag är okej med, du vet, regelbundet sex. Vi behöver inte göra det här om du inte känner dig bekväm."

Lesley steg tillbaka och släppte sin röda klänning på golvet.

"Jag menar allvar. Jag mår bra."

Hon var nästan i robotläge när hon tog en liten behållare med vaselin i närheten och räckte den till sin man. Sedan tappade hon trosorna och lutade sig över sängen.

Stämningen kändes plötsligt kall och oromantisk, som om han var på en läkarmottagning och förberedde sig för en prostataundersökning. När hon väntade i böjd ställning insåg hon att hennes man måste ha blivit bedövad av obehaget och att hon hade glömt att vara förförisk i deras första anala äventyr.

Men det spelade ingen roll längre. Rob hade glidmedlet. Och hennes bara rumpa stack ut, redo att användas.

Ljudet av vaselinlockets öppning gjorde henne mer nervös än hon förväntade sig. Innerst inne kände hon samma nerver som när hon förlorade sin oskuld. Och på många sätt var det samma sak. Hon höll på att förlora sin oskuld igen, förutom att den här gången var det hennes rumpa oskuld.

En chock rann längs ryggraden när hon kände Robs vaselintäckta pekfinger stöta in i hennes rumpa.

"Åh!" flämtade hon.

Robs finger rörde sig omedelbart bort från henne bakom.

"Mår du bra?"

"Jag mår bra."

"Vill du gå vidare?" frågade.

" Självklart".

Rob försökte igen, den här gången lite försiktigare. Hon tryckte tillbaka pekfingret i botten, och det var den mest obekväma sexuella känslan som Lesley någonsin känt.

Det var så onaturligt och obehagligt att ha ett smörjt finger i botten. Ännu värre, det kändes osexigt.

När Rob tryckte in fingret hela vägen in krökte Lesleys tår sig från mattan och hennes kropp spändes.

"Ta ut den", beordrade han.

Rob drog tillbaka fingret och gav sin fru en orolig blick när hon rätade upp sig.

"Det var nog en dålig idé", sa han.

"Nej, det är en bra idé. Jag är bara inte redo för det just nu. Det är allt. Vi kan försöka igen senare på vår jubileumskväll."

Rob såg förvirrad ut. "Vill du försöka igen?"

"Varför gillar du det inte?"

"Jag vet inte. Det har vi inte ens. Men du såg så obekväm ut när mitt finger var i röven."

Av någon anledning gjorde det bara Lesley mer beslutsam att ha analsex med sin man. Kanske var det för att det skulle vara första gången för dem båda. Det skulle vara som att förlora sin oskuld tillsammans. Hans kuk i hennes rumpa. Vilken romantisk tanke, på ett väldigt konstigt sätt.

"Då är det avgjort", log han. "Analsex på vår jubileumskväll."

"Jag menar allvar, Lesly, vi behöver inte göra det här."

"Och jag är seriös också. Vi gör det här. Jag behöver bara lite mer tid. Under tiden, låt oss älska på rätt sätt."

De kramades och kysstes.

Lesley var besviken på sig själv för att hon inte kunde gå vidare. Hon ansåg sig vara en stark kvinna med ett professionellt kall som kunde övervinna vilket hinder som helst, men analt? Det var något utanför hans rike.

Hon ville definitivt inte lita på Rob heller, för det kunde vara farligt. Det fanns inget sätt att hon skulle lita på sin känsliga lilla röv till en oerfaren man med en halvstor kuk . Det var uteslutet.

Nej. Det han behövde var en expert. Någon som visste vad man skulle göra i en kritisk situation som denna.

Som tur var visste jag vem jag skulle ringa.

SEXIG EXPERT BÄSTA VÄN

KAPITEL V

Dagen efter på kontoret förtärdes Lesleys sinne av hennes sexliv. Allt jag kunde tänka på var sex. Och om hon verkligen kunde gå igenom med att bli tagen i rumpan.

När hon satt vid sitt skrivbord skickade hon ett sms till sin sexuellt skickliga bästa vän. När Marlene var ledig att chatta i telefon gick Lesley till badrummet för en kort stunds avskildhet.

Efter att ha ringt och satt sig på toalettsitsen, slängde Lesley ut alla detaljer. Hon berättade för Marlene om det korta samtalet med Rob, hans läggning och fingret han stack upp i hennes rumpa. Han berättade för Marlene alla sina känslor angående den personliga frågan.

"Jag förstår inte hur en normal kvinna skulle kunna hantera det?" undrade Lesley.

"Det här är 2022, älskling, många kvinnor gillar det."

"Jag är säker på att det bara är för att behaga pojken."

"Vänta", sa Marlene. "Låt mig skicka en länk till dig. Kolla in den och ring mig sedan."

"Är det porr?" frågade Lesley och kände sin bästa vän.

"Det är det faktiskt."

"Ska du lägga ett virus på min telefon eller något?"

"Tveksamt. Jag tittar på den sidan hela tiden på min telefon, medan jag ska jobba, och min telefon är bra."

Lesley suckade, "Skicka över den."

"Ring mig när du är klar med att leta."

Lesley väntade på länken. Det var tråkigt och ensamt att sitta i badrummet och vänta på en porrlänk. Det var en sorglig reflektion över tillståndet i hans personliga liv.

Till slut kom tre länkar.

Lesley öppnade den första, som var en länk till en porrsajt. Videon var ett kort professionellt gjort klipp som visar en kvinna som får sin anus knullad av en stor kuk. Han snabbspolade framåt och såg bara huvuddelarna.

Den andra videon hade samma innehåll.

Den tredje videon var väldigt lik.

Hon kände sig lite generad när hon satt i badrumsbåset, i sina kontorskläder och tittade på porr på sin telefon, när hon skulle jobba. Hon brukade klaga när män gjorde det, nu gjorde hon detsamma. Han hade åtminstone en legitim anledning till det, tyckte han.

Efter att ha bläddrat igenom de där porrklippen ringde han Marlene igen.

"Tyckte du?" frågade Marlene när hon svarade på samtalet.

"Jag menar normala kvinnor. Det här är porrstjärnor."

"Vad är skillnaden?"

"Porrstjärnor är skådespelerskor," förklarade Lesley. "De är byggda för sex. Det är allt de gör. Och de kan ägna hela dagen åt att komma i form och göra sig redo för sex. Jag är en kontorsarbetare. Det är annorlunda."

"Okej. Vänta. Ring mig om några minuter. Låt mig visa dig något annat först."

"Vänta vänta..."

Samtalet avslutades och Lesley suckade. Han väntade tålmodigt, äntligen kom två länkar från Marlene.

Lesley klickade på den första. Det var från samma porrsajt, förutom att den här gången innehöll ett vanligt par istället för porrstjärnor. Lesley såg på när en vanlig hemmafru fick analsex i sitt sovrum från en man, förmodligen hennes man.

Nästa video var liknande. Den innehöll en vanlig (något nördig) collegestudent som fick en anal orgasm, med tillstånd av en kille i universitetets fotbollslag.

Lesley var inte främmande för porr. Hon har tittat på mjukt material på kabel med sin man. Då och då tittade de på hardcore porr på begäran för att krydda deras sexliv.

Men jag hade aldrig sett amatörporr förut. Det var konstigt att se "normala" människor knullas. Det var som att vara en voyeur i sitt sexliv. Det var ännu mer overkligt att titta på videor av dessa "normala" kvinnor som har analsex och absolut älskar det.

Lesley fattade poängen med videorna och ringde tillbaka sin vän.

"Okej, jag förstår det," sa Lesley. "Vanliga kvinnor kan också göra det."

"Och du är en normal kvinna, eller hur?"

"Senast jag kollade."

"Varför kan du då inte göra det?"

Lesley suckade, "Jag har ingen aning."

"Förlåt att jag låter som en nedlåtande tik. Ärligt talat, vid det här laget har Rob förmodligen rätt. Kanske prova något annat? Fråga honom om han har några andra fetischer. Det måste finnas något."

"Jag håller hellre fast vid hela anala grejen."

Marlenes känsla av relation slog in. "Verkligen. Varför det? Nu börjar jag tro att en del av dig faktiskt ser fram emot det här, hur mycket du än försöker kämpa mot det."

"Jag tycker att det är varmt. Jag antar att Rob tycker att det är hett också. Och ärligt talat, jag är lite nyfiken. Jag har alltid varit lite nyfiken. Det är den enda delen av min kropp som jag inte har utforskat sexuellt. Så det skulle var kul att se vad tjafset handlar om."

"Det verkar som om vi har ett viktigt uppdrag framför oss."

"Så du är villig att hjälpa till?"

"Självklart är jag det", svarade Marlene. "Det finns inget sätt att jag någonsin kommer att sakna det här."

"Några idéer vad man ska göra?"

"Faktiskt har jag många idéer. Jag har aldrig berättat det här, men jag är också sexterapeut, utöver de parråd jag ger."

"Nu är det inte dags för skämt."

"Jag är väldigt seriös", sa Marlene med obestridlig fasthet.

Det räckte för att övertyga Lesley. "Okej, så hur börjar vi, förutsatt att jag får använda dina sextips gratis?"

"Min betalning är att se att du har en kraftfull anal orgasm. Med andra ord, jag måste vara där och delta, okej?"

"Vill du leka med min rumpa?" frågade Lesley misstroende.

"Äh va."

"Är det här någon sorts lesbisk sak? Eller är det enbart baserat på våra år av vänskap?"

"Både."

Lesleys ögonbryn steg. "Okej, det här är inte alls konstigt."

"Det här handlar om dig, okej? Vill du ha min hjälp eller inte?"

Lesley tog ett andetag. "Vill."

"Så låt oss gå rakt till saken, ska vi?"

"Bra. Hur skulle du normalt gå tillväga med det här? Jag menar, om jag var en klient, en fullständig främling, vad skulle du göra med mig?"

"Det beror på vad du tillåter," svarade Marlene. "Kanske skulle jag träffa dig en mot en för en snabbkurs i anal. Eller så kanske jag skulle göra ett parpass, där jag skulle hjälpa din man att ta hans rumpa."

"Du, Rob och jag, samtidigt? En trekant?"

"Det är ett gångbart alternativ."

"Fungerar det normalt?" frågade Lesley.

"Alltid. Men jag utvärderar noga. Det måste vara rätt partner. Bara människor som är sexuellt säkra på sig själva och sin relation. När allt kommer omkring, som sexterapeut och kurator, är det sista jag vill göra en kil mellan paret svartsjuka är en mycket farlig sak.

"Intressant."

"Några tankar så här långt?"

"Rob har alltid skämtat om att ha en trekant. Dessutom vet jag att han tycker att du är riktigt snygg."

"Jag lutar mig mot trion av vad jag ser," sa Marlene skämtsamt.

"Något liknande."

"Om det får dig att må bättre är det tekniskt sett inte en trekant. Kom ihåg att jag skulle vara i en assisterande roll. Det betyder att jag skulle förbereda din röv för penetration och Rob skulle göra resten."

"Det låter faktiskt ganska hett."

"Åh, det är det", svarade Marlene.

"Skulle du verkligen göra något med Rob?"

"Jag kommer inte att knulla honom, om det är det du är rädd för."

"Så vad ?" frågade Lesley.

"Som jag sa, jag ska förbereda din röv. Jag smörjer in dig och börjar med en lätt stretch. Sedan, för att uttrycka det rent ut, kommer Rob att knulla dig direkt efter."

"Låter... ja... äventyrligt."

"Det är det", erkände Marlene. "Men jag kanske måste röra vid Rob lite, om jag måste. Jag styr hans penis in i din röv för att se till att det inte är för smärtsamt. Anal penetrering kräver en helt upprätt penis, så om den inte är tillräckligt upprätt, kan jag måste stimulera det på något sätt. Troligtvis med min mun."

"Så du tänker ge min man en avsugning?"

"Bara om det är nödvändigt".

"Det är betryggande."

"Hej, du ringde mig. Glöm inte. Jag hjälper dig på det enda sättet jag vet hur. Baserat på min meritlista gör jag ett ganska bra jobb med det här."

Lesley suckade, "Tack, verkligen. Jag menar det, du är bäst."

"Tacka mig inte än. Du kan tacka mig efter din första anala orgasm."

"Det här låter som den perfekta sexuella upplevelsen för jubileum. Men jag erkänner att det är väldigt skrämmande."

"Det är det alltid. Och det är inte för alla."

"Jag skulle vilja prova det," sa Lesley. "Jag är intresserad. Det är jag verkligen."

"Du måste vara absolut positiv, annars kan vi inte gå vidare. Vår vänskap är för viktig. Jag skulle aldrig vilja förstöra ditt äktenskap."

"Då måste jag fråga Rob och se hur han känner om det."

Marlene skrattade, "Vad ska Rob säga? Nej? Självklart kommer han att klara sig bra. Han kommer inte att knulla mig. Han kommer att knulla dig."

"Det är sant, men ändå , det är bäst att jag ringer honom och hör vad han tycker."

"Jag har en bättre idé."

"Vilken är det?"

"Jag ska ringa Rob," sa Marlene. "Jag kommer att lösa saker med honom, sedan blir det som en överraskning för dig. Jag vill inte att du ska fortsätta stressa över detta. Den första regeln för analsex är att slappna av. Och det inkluderar mental avslappning. " ."

"Det är vettigt. Så, ska du ringa honom nu?"

"Ja, och jag kommer att behöva en sak till från dig."

"Vad är det?"

"Jag behöver en bild på vad jag jobbar med," sa Marlene. "Skicka en bild på din nakna rumpa och en tydlig bild på din rumpa. Just nu."

"Vill du att jag ska börja sexta på jobbet?"

"Det är inte sexting," insisterade Marlene. "Det är förberedelser för en viktig och känslig medicinsk procedur som involverar ditt äktenskapliga hälsa och sexuella välbefinnande."

"Marlene, det är sexting."

"Kalla det vad du vill. Jag behöver bilderna för att avgöra hur jag ska gå vidare med analprocessen."

"Med andra ord, du vill veta hur liten min anus är," förtydligade Lesley skämtsamt.

"Exakt."

"Bra", suckade Lesley. "Jag skickar över det om ett tag."

"Perfekt. Under tiden ska jag ringa Rob för att reda ut detaljerna. Jag har en fantastisk känsla för det här."

"Jag också. Det här är det överlägset kinkiaste, galnaste jag någonsin gjort, men av någon anledning tror jag att det kommer att fungera."

"Det är för att jag är expert på det här," försäkrade Marlene.

De två vännerna sa sina avskedsord och samtalet avslutades.

Lesley reste sig från toalettstolen och tittade länge i spegeln. Hon hade aldrig tagit nakenbilder förut, men om det någonsin fanns en bra anledning till det så var det det här.

Hon tog av sig kontorskjolen och trosorna och lade dem på en disk. Hon stod ensam i sin knäppta blus och skor. Hon var naken från midjan och ner. På modet var det en väldigt konstig kombination att se ut så här, speciellt i kontorsbadrummet på alla ställen.

Efter att ha vänt sig om vände hon sig mot spegeln och hon riktade även sin telefonkamera mot spegeln. Hon tog en ögonblicksbild av sin rumpa reflektion, och det var officiellt det första nakenbilden hon någonsin tagit.

Sedan kom den mest obekväma bilden. Han funderade på hur han skulle ta en bild av sitt anus och sedan kom han på lösningen. Han hukade sig ner och la telefonen mellan benen, under kroppen. När han väl var i rätt position tog han ögonblicksbilden.

Hon reste sig upp och tittade på bilden av hennes anus. Det var första gången hon såg honom så tydligt. Han noterade den ljusbruna färgen, formen och linjerna på hennes anus. Han såg definitivt liten ut, och att ta Robs kuk skulle det bli en utmaning. Lyckligtvis visste Marlene vad hon skulle göra.

Lesley sms:ade de explicita bilderna till Marlene, och plötsligt gick situationen till en helt ny nivå.

KAPITEL VI

Den kvällen, när Lesley och hennes man myste framför tv:n, var allt hon kunde tänka på det anala knullet hon snart skulle få och hur Rob kände för det.

Även med all action i Game av Thrones , som är Robs favoritprogram på tv, frågade Lesley sig hela tiden samma saker. Speciellt eftersom varken Rob eller Marlene hade nämnt något. Lesley undrade om Marlene hade ringt Rob eller inte. Det fanns bara ett sätt att ta reda på det.

"Har Marlene ringt dig idag?"

"Ja", sa Rob i en ovanligt blyg ton.

"OCH?"

"Och jag tror att du är inne på en speciell upplevelse", sa han med ett lätt leende, som han tydligt försökte hålla tillbaka.

Lesley var halvt arg över att hon lämnades i mörkret angående resultatet av hennes egen rumpa. Hon behövde svar, och det var tydligt att varken Rob eller Marlene skulle ge dem.

"Kan du åtminstone ge mig en förhandstitt? Vad ska jag förvänta mig?"

"Jag lovade att jag inte skulle berätta."

"Är du helt säker på det?" sa Lesley med en alltför förförisk röst, som om det skulle fungera.

"Jag är absolut positiv."

Lesley gjorde en sexig röst igen. "Snälla älskling? Jag ska göra det med min tunga. Allt du behöver göra är att ge mig en hint."

"Jag kan vänta", log han. "Lita bara på mig om det här. Marlene har något speciellt i beredskap för oss."

"Tror du?" Lesley svarade med sin vanliga röst.

"Jag tror det. Han gav mig flera tips via telefon. Och han berättade för mig vad han planerar att göra med dig. Jag tror ärligt talat att detta kommer att tillföra något speciellt till vårt sexliv. Något vi aldrig har gjort förut."

Det var minst sagt spännande. Innerst inne kom lite avundsjuka.

"Ska du knulla henne också?" frågade Lesley i en mjuk feminin ton.

Han klappade hennes lår. "Naturligtvis inte. Var inte dum."

"Så vad är den stora hemligheten?"

"Du kommer att få reda på det snart", svarade han och pekade sedan på tv:n. "Du saknar de bästa delarna."

Med det vände Rob sin uppmärksamhet tillbaka till tv:n. Under tiden höll Lesley sitt mentala fokus på att hon snart skulle ha ont i rumpan.

FÖRSTA GÅNGAR

KAPITEL VII

Det var en lördagsmorgon, vilket innebar att ingen av dem behövde gå till jobbet.

Lesley följde instruktionerna som Marlene hade mailat henne kvällen innan. Instruktionerna handlade främst om renlighet och skönhet.

Han tog en skön lång dusch med tvål. Särskild vikt lades på att rengöra hennes anus och rektum. Lesley följde de speciella instruktionerna i duschen. Faktum är att hon gjorde det två gånger för att vara säker.

Efter duschen satt Lesley framför sin sminkspegel med ett urval av skönhetsprodukter. Hon tog sig tid att få sig själv att se mer åtråvärd ut än hon redan var. Det var lika stor vikt vid hennes hår.

När han var klar var den professionella kontorsarbetaren borta. Det var den nya Lesley, vänlig mot analsex. Och hon såg lika vacker ut som alltid.

Hon kompletterade sin look med en matchande vit bh och trosor, följt av en vit negligé.

Allt han gjorde var i enlighet med Marlenes råd i mejlet.

På tal om det ringde det på dörren. 10.00 i rätt tid.

Lesley och Rob gick tillsammans för att öppna ytterdörren. Där fanns Marlene, den sexuellt upplysta relationsterapeuten, med en fräck frisyr och två shoppingkassar.

Marlene tog upp väskorna och log, "Är vi redo att åka?"

Plötsligt blev det som såg ut som en vanlig lördagsmorgon början på något speciellt.

KAPITEL VIII

Paret väntade spänt i sitt sovrum medan Marlene gjorde sig redo i badrummet. En av väskorna som Marlene tog med var för hennes speciella outfit. Hon kunde trots allt inte gå ut offentligt klädd som om hon var redo för ett analt möte.

Men det väckte frågan, vad fanns i den andra påsen? De skulle snart få reda på det.

När badrumsdörren öppnades blev både Lesley och Rob chockade när de såg Marlenes förvandling.

Marlenes fritidskläder var borta. Istället var hon barfota i en röd negligé, liknande den som Lesley bar. Marlene gjorde också sin glam-sminkning och gjorde sitt hår också.

"Vi är redo?" frågade Marlene och gjorde en lekfullt sexig pose.

Lesley var lite avundsjuk på sin bästa väns skönhetshemligheter och träningsrutin. Han gjorde en mental anteckning för att be om råd senare.

"Klar som möjligt," sa Lesley.

Rob höll med.

"Det första steget är att vara förberedd," sa Marlene. "Vi har redan gjort det, uppenbarligen, tillsammans med den nödvändiga städningen. Nu är nästa steg att göra dig bekväm och jag ska koppla av dig."

Lesley kände hur hennes fitta drog ihop sig.

"Jag är redo."

Marlene såg sig omkring i sovrummet. Han lade sedan en handduk på parets äktenskapssäng och spred ut den prydligt.

"Innan du lägger dig på sängen," sa Marlene. "Du undrar säkert vad som finns i den andra påsen."

Lesley nickade. "Jag har en ganska bra idé."

"Det är analkitet vi ska använda."

"Låter skrämmande."

Marlene sträckte sig ner i väskan och drog fram en liten rosa dildo. " Inte riktigt. Det är mest några småsaker och mycket glidmedel. Tillräckligt för att göra dig redo för Robs penetration efteråt."

"Jag börjar få fjärilar i magen."

— Då är det bättre att vi sätter igång.

Lesley och Rob gav varandra en stor lång kram, följt av en rad kyssar på läpparna. Det var nästan som att säga "hej då". Men egentligen var det välkomnandet av något nytt i deras förhållande.

"Ta av dig trosorna", sa Marlene.

Lesley sträckte sig ner och tog bort sina trosor och slängde dem. Hon var naken från midjan och ner, den tunna negligén täckte hennes rumpa och fitta, men det skulle inte vara länge.

Han gick på sängen precis som Marlene hade instruerat. Med knäna på handduken och ansiktet klistrat vid sängen. Hennes rumpa var uppe i luften, och hon var mycket medveten om att hennes rumpa och fitta var helt utsatta för hennes bästa vän och hennes man.

Det var ett besvärligt ögonblick. På många sätt kändes Lesley som ett besök hos läkaren. Förutom i stället för en typisk gynoexamen, skulle en djup smisk snart vara på sin plats. Men först skulle det bli förspelet. Åh gud, vad är det för förspel? tänkte Lesley.

Ett par händer gnuggade upp Lesleys rumpa. Inte vilken hand som helst. Milda kvinnliga händer. Den sorten som bara Marlene ägde.

Åh gud, det börjar.

"Här kommer din överraskning," sa Marlene. "Jag vet att du har tjafsat Rob med mina planer. Ja, här är den. Jag tror att en bra kvinnlig rimning är det bästa sättet att stimulera anala jungfrur. Slappna av nu."

Åh gud, en svart kyss. Från Marlene?

Innan Lesley hann säga ett ord kände hon hur mjuka händer spred hennes skinkor ytterligare. Hon visste att hennes anus var vidöppen för hennes man och Marlene att se.

Sedan kom tungan. Åh gud, tungan. Hennes lilla bruna anus slickades av sin bästa vän. Han slickade upp och ner. Slickad från sida till sida. Han slickade åt alla håll. Sedan kom kyssarna. Sedan slickar igen. Sedan några fler kyssar på hennes anus.

Att bli kantad stod aldrig på Lesleys sexuella önskelista, men hon var så glad över att känna det. Om hon hade vetat att det var så bra, skulle hon ha bett Rob att göra det för flera år sedan på sin bröllopsnatt.

Nu, här var hon, på knä, med ansiktet nedåt, medan hennes bästa vän slickade hennes rumpa. Han hade alltid vetat att Marlene var en väldigt sexuell person och expert på sexuella frågor, men det här? Han kunde inte veta att Marlene var expert på att utföra oralsex på en kvinnas anus. Tekniken som Marlene gjorde var helt enkelt för bra för att vara sann.

Sedan kom den sista rimningsbiten. Marlenes tunga kom in. Gud, han kom in. Lesley kände hur hennes anus dreglade, saliv rann nerför hennes rygg och in i öppningen av hennes ändtarm.

Det var lite kittligt, men mest kändes det jättebra, stimulerande nervändar som jag inte visste fanns.

"Herregud", stönade Lesley med ansiktet nedåt på sängen. "Din tunga... min Gud."

Marlene stannade kort. "Det är därför de betalar mig mycket pengar."

Och med det fortsatte Marlene med sitt analslickande. Hans tunga slickade anusringen, följde ingången till ändtarmen och stannade sedan.

"Är du redo för nästa fas av ditt slickande?" frågade Marlene och höll fortfarande rumpan öppen.

"Det finns mer?" frågade Lesley, fortfarande med ansiktet nedåt.

"Ja. Här kommer det. Ta det lugnt, älskling."

Marlene sa något till Rob, som var så kort och kort att Lesley inte kunde höra det. Allt han hörde var ljudet av shuffling. Jag kunde inte se honom eftersom hans ansikte låg på sängen. Visst, hon kunde helt enkelt ha vänt sig om för att titta på vad de gjorde, men varför bry sig? Hon älskade överraskningar och en speciell muntlig överraskning väntade henne.

Nästa sak som Lesley visste var att Rob åt upp hennes fitta underifrån . Under tiden gick Marlene tillbaka till sina rimningsuppgifter.

Lesley upplevde ett fullständigt oralt övergrepp på både hennes fitta och anus, på samma gång, av de människor hon älskade mest.

Hennes ögon vidgades och hennes läppar böjda när hon gav ut ett kort stön. Det var dubbelt så mycket muntligt nöje. Rob sög hennes fitta som aldrig förr. Marlene satte fart på analslickandet.

Innerst inne förbannade Lesley sig själv för att hon inte gjorde detta tidigare. Åh bra. Hon var en 33-årig tjej, hon skulle ha lång tid i sitt liv på sig att fortsätta njuta av dubbel oralsex.

Hon kände ett klimax komma när Rob fokuserade sin tunga på hennes klitoris. Det var precis så som Lesley tyckte om att få sin fitta uppäten. Börja i mitten, sedan orgasm med klitorisstimulering.

"Åh gud," stönade Lesley med ansiktet nedåt och hennes ögon rullade tillbaka. "Jag tror att jag närmar mig."

Marlene drog tillbaka tungan. "Flicka, kör på det."

Med det fortsatte Rob att slicka klitoris snabbare och Marlene utförde en oral virvelvind inne i jungfruanus.

Lesley släppte lös en orgasm för historien.

Hon skrek högt och hennes kropp spändes. Tack gode gud att de nyligen hade köpt ett hus, där de kunde ha lite anständigt privatliv. I hennes gamla lägenhet skulle ett skrik som Lesleys säkert ha uppmärksammat grannarna, och kanske polisens uppmärksamhet.

Nu, i avskildhet i sitt eget hem, kunde Lesley släppa allt. Hennes fitta och anus fick kraftfull oral stimulering, vilket resulterade i en kraftfull våt orgasm.

När han var klar drog Rob sig undan under hennes fitta och Marlene tog bort tungan.

Lesley föll ihop på sängen, en blöt våt röra, ett leende efter orgasm på läpparna.

"Rob hade rätt om dig", sa Marlene och beundrade sin barbottnade bästa vän. "Du är ganska dum."

"Shit..." stönade hon.

"Tjejen, vi är bara halvvägs nu. Nyckeln till bra analsex är smörjning och upphetsning. Jag skulle säga att du är utomordentligt tänd. Och du är väldigt väl smord med min saliv. Men vi har fortfarande arbete att göra do."

"Fortfarande?" stammade hon.

"Ja, gå nu tillbaka till din position din lata tik."

Marlene gav sin bästa vän en kraftig smäll på ryggen. Det räckte för att få Lesley tillbaka på knä med rumpan i luften.

Medan hennes sinne fortfarande darrade av den intensiva orgasmen, pressades hennes ansikte mot lakanet och hon kände hur hennes skinkor öppnades igen. Den här gången var händerna mycket starkare, vilket innebar att Rob var den som höll Lesleys rumpa vidöppen.

Vilket gjorde att Marlene hade båda händerna fria.

Plötsligt hörde Lesley det välbekanta ljudet av en glidmedelsflaska som öppnades.

Sedan kände Lesley hur den lilla rosa dildon trycktes in i hennes rumpa. Den var bara några centimeter lång, men den kändes enorm inuti hans lilla bak. Den rosa dildon trycktes in och ut.

De tog av den och lämnade en gäspande känsla på Lesleys botten.

Sedan trycktes något lite större mot hans hål. Ännu en dildo från Marlenes väska. Han knuffades hårdare och gick in i det jungfruliga hålet. När hon fortsatte att trycka på den visste Lesley att den här leksaken var mycket längre (och tjockare), vilket gav den en mycket mer utsträckt känsla.

Hon kände hur ringen i anus och ändtarm pressades till det yttersta. Sedan stannade den på plats, vilket gav hennes rövhål tid att vänja sig vid att ha något som är lika stort i rumpan.

Sedan togs den största dildon bort och lämnade en gapande känsla i hennes känsliga rövhål.

Helt plötsligt, i bakgrunden, var det dessa sugande/slurpande ljud. Det tog Lesley en sekund att inse att Marlene förmodligen sög på Robs kuk, fick honom hårt och smörjade upp för analsex. Den där tiken, tänkte Lesley.

De sugande ljuden upphörde.

"Grattis på årsdagen, tjej", sa Marlene med retad röst.

"Grattis på årsdagen, älskling," sa Rob.

Den här gången kände Lesley något annat tryckt mot hennes rumpa. Det var svårt, men det kändes mjukt. Det var ingen fråga om det. Det var Robs kuk. Hennes man höll på att knulla henne i rumpan.

Hon drog åt lakanet och rustade sig för vad som komma skulle.

Rob knuffade. Hans kuk gick in. Penetrationen var långsam och jämn. Han kände sig nästan som en expert som penetrerade henne, även om hon inte skulle ha vetat det, eftersom hon aldrig tidigare blivit knullad i rumpan.

Sedan insåg hon att det handlade om råden som Marlene hade gett till Rob. Det var därför Rob kunde knulla hennes rumpa så lätt. Och det var också tack vare all anal stimulering och orgasm som Marlene hade gett mig.

Allt fungerade perfekt. Robs medelstora kuk kunde penetrera hennes ändtarm utan ansträngning, även om hennes rumpa kändes väldigt full.

Till slut var det hela vägen in och Rob lutade sig in i sin frus lilla ändtarm.

"Det stämmer, flicka," sa Marlene, som rörde sig för att smeka Lesleys hår kärleksfullt. "Den svåra delen är över. Han är hela vägen in. Ha kul nu och njut av orgasmen som följer."

Bästarna höll händer och tittade in i varandras ögon, medan Rob långsamt drog sin kuk tillbaka och sedan stötte.

"Åh..." flämtade Lesley. "Gud..."

"Lugna ner dig tjejen. Du gör det bra."

Den bultande kuken inuti hennes rumpa upprepade hennes rörelse. Rob ryckte tillbaka och gav sedan en ny knuff, den här gången lite hårdare, vilket Marlene privat hade instruerat honom att göra tidigare.

Fler knuffar kom. Med varje stöt sjönk Lesleys kropp längre ner i sängen. Hans ansikte tryckte sig närmare lakanet. Sängen gungade. Hans hår böljade från sida till sida. Hennes små bröst svajade.

Snart fann Lesley att hon fick total stryk. Sängen skakade och Lesley började gråta.

"Det är okej älskling", sa Marlene i en lugnande ton och torkade bort sina tårar. "Du mår så bra. Din röv är gjord för det här. Du kommer att bli beroende av jävla röv när din man är klar."

Lesley undrade hur det kunde vara sant när hennes rumpa fortsatte att plöjas. Det gjorde ont, men det kändes också bra. Det var som den perfekta kontrasten mellan smärta och njutning. Hon tänjdes på otrolig. Men också, hennes rektala nervändar stimulerades på sätt som hon inte trodde var möjligt.

"Herregud," skrek Lesley. "Min rumpa!"

Tårarna rann nerför Lesleys ansikte medan bultandet fortsatte. Hon kunde ha bett om att det skulle sluta. Jag kunde ha bett om att det skulle ta slut. Men det gjorde han inte. Han vågade sig in på nya territorier i sin kropp. Han upplevde nya saker med sin sexualitet. Och hon älskade varje sekund av det.

Det gjorde fortfarande jävligt ont. Men det fanns en obestridlig tillfredsställelse i det. Marlene kände nöjet Lesley kände och gav Rob en liten nick, vilket var hennes signal.

Plötsligt började Rob jävla i full fart. Lesley skrek högt, tårarna rann nerför hennes ansikte, medan hennes känsliga lilla rumpa plöjdes med en kraft som hon inte visste att hon kunde hantera.

"Herregud!!!!" hon grät för sitt nöjes skull.

Så hon kom. Hon kom en andra gång den morgonen. Det var en annan orgasm än tidigare. Det var inte smidigt och trevligt.

Nej. Det var rått. Ren. Vild. Det var en orgasm som kom från hennes ursprungliga lust. Och det skapade en stor röra överallt.

Tack och lov hade Marlene lagt den handduken på sängen.

Orgasmen var så intensiv att Lesley inte insåg att Rob redan hade ejakulerat inuti hennes ändtarm och översvämmat hennes lilla hål.

För andra gången den morgonen låg Lesley med ansiktet nedåt, kollapsade på sängen, hennes nakna rumpa blottad.

Både Rob och Marlene beundrade hennes arbete: en omtumlad Lesley, liggande tillbaka i ren orgasmisk lycka, helt våt mellan hennes ben.

EPILOG

När Lesley kom hem från jobbet, med en liten shoppingväska i ena handen och en handväska i den andra, var hon på topp.

Hon lämnade sin väska nära trappan och gick fram till sin man i köket, som också var i sina arbetskläder.

"Förlåt, jag är lite sen", sa hon och kysste Rob på läpparna medan hon fortfarande höll i den lilla shoppingväskan.

"Vad är detta?"

Hon log och höll fram väskan, "Det här...är en söt liten present som Marlene gav mig. Vi fikade för ett tag sedan."

Lesley drog fram en liten flaska och slängde påsen på köksbänken. Flaskan var genomskinlig och innehöll en genomskinlig flytande vätska. Men det som stod ut mest med flaskan var att det tydligt stod att den endast var för anala ändamål.

Faktum är att substansen i flaskan gjordes speciellt för analsex. Det var en ny produkt gjord för att göra analsex så mycket enklare.

"Herregud", sa han med höjda ögonbryn.

"Din kuk. Min röv. Just nu."

Lesley räckte flaskan till sin man. Hon vände sig om och tog bort sina trosor och slängde dem på golvet. Hon spred sina ben och lutade sig in och lyfte på baksidan av sin kontorskjol. Sedan lade hon händerna på köksbänken och hennes rumpa pekade ut.

När Rob hällde den nya flaskan med glidmedel i hennes anus tittade Lesley ut över trädgården. Det var en vacker dag och solen höll på att gå ner. Hon insåg vilken lycklig kvinna hon var. Hon var gift med sitt livs kärlek och de hade hittat ett sätt att ta sitt sexliv till nästa nivå. Hon hade också den perfekta bästa vännen, den som gjorde allt detta möjligt.

Livet var bra.

En enkel knuff, och Robs kuk gick in i hennes lilla rövhål. Vid det här laget hade Lesley vant sig vid att ha hennes bakdel sträckt ut av sin kuk. Den här gången verkade det lättare. Marlene hade rätt, den nya flaskan med glidmedel var fantastisk, vilket innebar att det skulle bli mycket mer analsex i Lesleys framtid.

SMAL RUMPA HÅL

55

KAPITEL I

Dicks kuk invaderade långsamt Samanthas skrynkliga, smorda anus och kom sedan ut i samma takt. Den sensuella scenen upprepades flera gånger och värmen från hennes smala kanal fick honom snart att längta efter mer. Han försökte ignorera sin bristande kontroll över den desperat långsamma hastigheten och koncentrerade sig på sin fru när hon flyttade sin rumpa upp och ner i hans längd. Med handlederna och anklarna kedjade vid sängen hade hon inget annat val än att anamma nyheten att användas som hennes sexleksak.

Den ovanliga händelseutvecklingen började dagen innan. När han var på väg till jobbet ringde Dicks mobiltelefon precis 7:10 på morgonen, som väntat. Även utan att kontrollera nummerpresentationen visste han att det var hans fru, som ringde varje morgon vid samma tidpunkt.

Dick besvarade samtalet handsfree och hälsade Samantha varmt,

"Hej älskling."

"Hej! Saknar du mig redan?" Samanthas röst var full av humor, eftersom de precis skildes åt en timme tidigare.

Dick fnyste,

"Självklart! Har du läst några bra historier än?"

Under sin morgonträningsrutin tyckte Samantha om att läsa berättelser på sin favoritblogg för erotisk litteratur. Hon valde kategorierna "Anal" och "BDSM" och hoppades hitta de nya upptäckterna varje dag. Om någon kittlade honom berättade han för Dick i detalj under sina separata resor till jobbet.

"Jag läste faktiskt en riktigt het 'Anal'-berättelse", sa hon vemodigt. "En man band sin fru som straff, och sedan gav han henne en riktigt hård åktur i rumpan. Det gjorde mig superkåt."

Dicks ton var mjuk när hon fångade hennes inte så vaga antydan,

"Jasså".

"Du vet ... det var ett tag sedan vi hade tid att spela några kinky spel. Och ... ja ... jag har varit en väldigt stygg tjej på sistone. Jag är ganska säker på att jag förtjänar straff." Att göra mitt bästa för att låta ångerfull, lyckades se smärtsam ut.

Samantha älskade verkligen analsex, vilket var en välsignelse för Dick. Problemet var att hon skrek som en djävul under anala orgasmer. Med tonårsbarnen fortfarande hemma var deras chanser att befria sig själva få och långt mellan.

Dick visste att hans fru var desperat efter kinky sex och tog hennes inte så subtila inbjudan med ro. Hon hade rätt; det var länge sedan de hade haft en vild natt. I sanning var han förvånad över att det hade tagit honom så lång tid att föreslå en hemlig sexdejt, och han höll helt med om riktningen för deras konversation.

Som svar på Samanthas uppenbara önskan gjorde Dick sin del. "Jag kommer att bedöma om du verkligen förtjänar ett straff. Berätta nu vad du har gjort", sa han i en auktoritativ ton.

"Tja, för en sak råkar jag köra fort just nu," Samantha visste att det var en svag insats, men detta var bara den första planen.

Dick suckade besviken, "Du har bråttom varje dag. Det är inte riktigt värt ett straff."

"Åh", hon brydde sig inte om sitt misstag, hon var redo för den andra planen. "Tja, jag lånade 30 dollar från din plånbok innan jag gick till jobbet."

Dick skrattade, "Ok... inte mycket av en överraskning. De flesta dagar känner jag mig som din personliga bankomat. Är det allt?" frågade han och förväntade sig mer av sin fyndiga fru.

Efter att ha sparat det bästa till sist, var Samantha säker på att hon var på randen till framgång,

" Så det visade sig att Morrisons bjöd in oss på middag på fredagskvällen och jag sa att vi gärna skulle vara med."

Det var dödlig tystnad i flera ögonblick medan Dick bearbetade de oönskade nyheterna. Hon visste mycket väl att han inte tyckte om att umgås med Morrisons. Även om hustrun var en kär vän till Samantha, var mannen socialt besvärlig.

"Lille," sa Dick, efter att ha harklat sig högt, "du förtjänar verkligen ett straff för detta. Låt mig se vad jag kan göra för att få plats på mitt schema i morgon eftermiddag."

När Dick använde sitt smeknamn för sexleksaker, stramade Samanthas fitta. Att vara utlämnad till sin man, medan han använde hennes kropp för njutning, var det mest spännande. Som tur var skulle den vara klar vid middagstid nästa dag, vilket var den perfekta tiden.

Förvirrad av framgången kunde Samantha knappt hålla tillbaka sin glädje,

"Åh pojke! Um, jag menar... åh nej! Tja, jag måste acceptera vilket straff du än känner passar brottet. Men min rumpa har mått riktigt dåligt av att ha blivit utanför på sistone."

Upprörd över den kommande middagen med Morrisons bestämde sig Dick för att håna sin fru som en delvis hämnd.

"Kanske är ditt straff att avstå från analt samlag", skämtade han med sin mer allvarliga röst.

Förbluffad kvävdes Samantha praktiskt taget.

"Baby, straff måste alltid inkludera analt!"

"Du är inte i stånd att ställa krav, Lille." Dick behöll sin plåga, ett snett leende på läpparna. "Jag kommer att ta hänsyn till din begäran, men räkna inte med att komma undan med det. Det här var en ganska allvarlig överträdelse. Jag börjar jobba nu. Vi kan prata mer senare."

Avskräckt svarade Samantha:

"Jag älskar dig".

"Jag älskar dig också," lade Dick på, nöjd med sig själv för att han gav sin fru en.

I sin bil blev Samantha förskräckt över händelseförloppet. Hennes smarta plan att framkalla en grov analsession hade plötsligt spårat ur.

Visst, Dick måste veta hur mycket han ville ha en kinky hard ass session!

Förutsatt att hon kunde övertyga honom att lyda, utarbetade Samantha snabbt en plan för att ge honom några Margaritas. Det fanns inget sätt att han kunde motstå tjusningen av hennes ivriga rumpa med en kraftig träff av tequila på kroppen och hon visste platsen som skulle passa hennes behov.

KAPITEL II

Dagen efter befann sig Samantha och Dick hemma strax före lunch. När hon föreslog en snabb resa till sin mexikanska favoritrestaurang gick han med på. Inte bara var dryckerna starka, maten var utmärkt och viktigast av allt, servicen var snabb.

Som vanligt begärde de en avskild monter. Efter att ha satt sig ner dök två av dina favorit Margaritas magiskt upp på bordet och din matbeställning togs snabbt om hand. Med förberedelserna ur vägen smuttade de och slappnade av.

Samantha, en mycket direkt person, hade inga betänkligheter med att tala ärligt. I hopp om att Dick hade glömt sin absurda idé att avstå från analsex, bestämde han sig för att pröva lyckan.

"Hej älskling, jag är ganska kåt. Vi kommer att bli galna ikväll", sa hon och gav honom en suggestiv blinkning.

Dick skrattade och gissade att Samantha var orolig över sitt hot om att undvika analspel. Även om han hade för avsikt att borra hennes rumpa länge och hårt, tyckte han att det skulle vara kul att fortsätta sitt knep.

Han höjde ett ögonbryn och höll pokerfacket uppåt och sa: "I dag ska vi hålla det lågmält. När allt kommer omkring, lilla, du förtjänar straff."

" Haha , väldigt roligt. Var seriös och sluta busa," sa hon och försökte maskera sin uppenbara oro.

Även om han normalt sett var en hemsk skådespelare, kände sig Dick säker på sin prestation. Samantha slingrade sig uppriktigt framför hennes ögon och det var ganska underhållande.

Han lutade sig ner och talade strängt:

"Gör inga misstag, mitt beslut är fattat."

"Men älskling, njuter du inte av att knulla min rumpa medan jag är bunden vid sängen? Du kan lägga mig på knä, med min röv upplyft och göra vad du vill med mig." Hon försökte fresta honom genom att måla en erotisk bild. "Föreställ dig att din hårda kuk sjunker ner i mitt lilla hål ... föreställ dig att jag skriker när du får mig att komma ... tänk på min rumpa som klämmer när din kuk tömmer sin last i mig! Kom igen, jag behöver att du levererar mig en bra mängd av sperma vid min bakdörr! Snälla...!"

Alltid imponerad av Samanthas anala entusiasm, stelnade Dicks kuk omedelbart. Åh ja, jag planerade att göra allt det där och mer. Men för tillfället njöt han av charaden.

"Jag har fattat mitt beslut. Anal, bondage och bestraffning är uteslutet i dag", sa han och lyckades låta ointresserad.

Att se Samanthas ansikte flimra av frustration var oerhört underhållande för Dick. Han förväntade sig att hon skulle ändra sin strategi och blev inte besviken.

Samantha rörde sig snabbt och försökte skylla på honom.

"Men älskling, det var du som fastnade för mig på analt! Om du tänker efter så är det verkligen ditt fel. Du är skyldig mig ett skitbra röv!"

Det fanns viss sanning i hans uttalande. Det hade tagit Dick över tjugo år att övertyga Samantha om att analsex var värt ett försök. När hon väl insåg att anala orgasmer var verkliga och konkurrerade med den vaginala varianten, stoppade ingen henne. På sätt och vis var han ansvarig för att skapa detta anala monster.

Dick var nyfiken på vart han kunde gå härnäst och fortsatte att dra i sin kedja, "Missionärsposition och vaginal penetration kommer att duga för idag, lilla."

Samanthas ansikte vred sig i misstro. Den sortens sex var bra på vardagskvällar, när de var tvungna att vara tysta för att barnen var hemma. Men denna onda möjlighet var för värdefull för att slösa!

Fast besluten att försöka smickra, missade Samantha inte ett slag.

"Okej, lyssna. Jag ska vara helt ärlig. Om du inte var så bra på att slå mig i röven skulle jag inte ens vilja ha analsex. Förmågor som din borde inte gå till spillo."

Kisande var Dicks svar enkelt:

"Bra försök".

"Baby snälla bind mig och knulla min rumpa! Det var för länge sedan vi spelade och jag behöver det verkligen", klagade han, som en sista utväg.

Dick skakade på huvudet och funderade på att sympatisera med henne. Om han erkände för henne att det var ett skämt på hennes bekostnad, skulle hon lugna sig. När hon skulle tala kände hon plötsligt hans bara fot direkt på hennes gren. Med tårna strök hon försiktigt hans stenhårda erektion under bordet medan hon log till seger.

"Du fortsätter att säga 'nej' men din kuk säger 'helvete'. Har jag rätt?" Viskade Samantha och hennes ögon lyste av glädje.

Plötsligt, utan att vilja ge upp, tog Dick flera djupa andetag och försökte fokusera på oattraktiva tankar. Att föreställa sig middag på Morrisons tog honom upp ur avgrunden.

Han talade sakta och mjukt och svarade:

"Mina regler idag upprätthålls."

Samantha ryckte på axlarna och suckade,

"Okej, du vinner, älskling. Låt oss äta lunch och åka hem. Helvete, vi kanske bara borde slappna av. Du verkar lite spänd."

Deras beställningar kom in och paret fick dem snabbt att äta, medan de diskuterade andra saker. Dick blev förvånad över att Samantha lyckades lägga konversationen bakom sig, eftersom hon inte gillade att förlora.

I bakhuvudet kände sig Samantha motiverad av de förberedelser som gjordes tidigare under dagen. Dick hade valt att leka med elden och han skulle snart brinna. Hon var fullt beredd att agera och ta hans kuk upp i sin egen rumpa.

KAPITEL III

När de kom hem gick paret direkt upp till sitt sovrum. Dick satt i hörnet av sängen medan Samantha långsamt drog av sig jeansen och den vita skjortan med knäppning. Han visste mycket väl att han njöt av en bra striptease och såg till att överdriva sina rörelser. När hon skulle ta bort den svarta spetsbh:n och matchande stringtrosa gick hon fram till sin man och tog av sig underkläderna framför honom.

Samantha stod naken framför honom och tittade ärligt på Dick och frågade:

"Älskling, kan jag ge dig en massage? Du förtjänar en för att du är så tålmodig med mina upptåg."

Även om Dick var redo att slå sin frus rumpa meningslöst, rörde Samanthas tankeväckande förslag honom. Hennes massage var ganska anständiga och tidskrävande.

"Det är en bra affär, lilla. Varsågod. Men först, klä av mig."

Samantha rodnade sött och svarade:

"Med nöje".

Eftersom Dick hade lämnat sin jacka och slips på nedervåningen tog det inte lång tid. Hon klättrade upp på sängen och hukade rakt bakom honom och satte sina knän på vardera sidan av hans kropp. När hon nådde hans bröst, knäppte hon upp hans skjorta och tog av den. Hans enkla vita T-shirt följde efter.

"Res dig upp och vänd dig om", viskade hon förföriskt.

Dick följde hennes instruktioner som satte hans bäcken direkt framför hennes ansikte. När hon tittade honom i ögonen, spände Samantha upp hans bälte, öppnade dragkedjan för hans byxor och öppnade sedan blixtlåset. Dragande drog hon ner hans byxor och underkläder och lämnade honom naken och halvupprätt.

"Nu, luta dig tillbaka och låt mina fingrar göra sitt jobb", sa hon medan hon knackade på sängen.

Glad över att följa efter sträckte Dick ut sig mitt i sängen med ansiktet nedåt. Efter att ha gått på gränsen över honom satte sig Samantha mitt på ryggen.

Hon började vid hans axlar och talade med oro:

"Åh älskling, dina armar känns så spända! Lägg dem över ditt huvud så att jag kan träna alla dina muskelgrupper."

Dick var mycket distraherad av den våta fläcken som bildades på hans rygg under Samanthas fitta, men han lyckades registrera sin begäran. Han sträckte armarna mot kuddarna och var vagt medveten om att Samantha gled framåt, tills hon var mellan hans skulderblad. Efter att ha lutat sig över sängkanten verkade hon ta tag i något. Sedan, snabbt som blixten, kände han kallt stål runt handlederna och hörde handfängslarnas klickljud.

Dicks huvud smällde bakåt när han drog i händerna och fann dem begränsade. Verkligheten slog hårt; hans smala fru hade precis tappat honom, ingen liten sak eftersom han vägde mycket mer. Direkt efteråt gled den smidiga djävulen ur hans kropp och satte sig bredvid honom.

Även om han var ovillig att titta på sin fru, som säkert var stolt över skämtet, vände Dick huvudet åt sidan. Det som omedelbart fångade hans uppmärksamhet var den hala fittan som stod utställd mellan hennes vidsträckta lår. Han stönade och kände sig dum över att ha blivit fångad med ansiktet nedåt.

"Ha! Jag har varit totalt otrogen mot dig!" skrek hon.

Dick visste att hon inte skulle nöja sig med detta, eftersom Samantha var benägen att bli glad. Eftersom han var allmänt lugn, frestades han att vara med i hennes glädje, men bestämde sig för att göra en bedömning av situationen.

"Snällt drag, lilla," medgav han, alltid artig. " Så vad händer härnäst?"

Samantha hade inte slutat skrika:

"Heliga guacamole! Jag fångade dig faktiskt ! Jag önskar att du hade sett uttrycket i ditt ansikte! En riktig dikt!"

"Ja, du fattade mig seriöst. Så vad är slutet på ditt spel?"

Hon skrattade åt hans ofrivilliga ordlek, svarade hon.

"Det är mer som mitt "rumpa"-spel!"

Hon tog flera djupa andetag och lugnade ner sig. Pleasing Dick var definitivt en del av planen och hon ville lugna honom.

"Ok, ok! Usch! Det här är dina alternativ. Jag fäster handbojorna på en liten bit av kedjan som är fäst vid sängstolpen. Det gör att du kan rulla på ryggen. Om du väljer den vägen, gör jag det. ta på din kuk för att använda den. Men du kommer att vara helt på min nåd för en förändring. Eller ... jag kan stanna här och leka med mig medan du sover. Det är helt upp till dig, älskling."

Dick bestämde sig omedelbart, men gjorde en show av att reflektera över det,

"Låt oss se, jag kan låta dig använda min kuk, eller ligga här som ett knippe för att snarka. Jag går för alternativ nummer ett."

Samantha klappade som en liten flicka och blev förtjust. Medan hon föredrog en undergiven roll under kinky spel, tryckte Dick på en tidigare okänd hetknapp genom att hota att neka henne analsex. Han kunde inte skylla någon annan än sig själv för hennes extrema åtgärder.

"Excellent!" utbrast hon. "Vänd dig nu om och håll isär benen. Jag måste kedja dina anklar."

Lutad på ena armbågen vände Dick sin kropp som Samantha dirigerade. Hon hoppade upp ur sängen och drog fram några metallvrister som hon måste ha gömt under madrassen tidigare samma dag.

När alla Dicks lemmar var återhållna studerade Samantha stolt sitt arbete. Med blicken fäst på makens ansikte kysste hon hans panna ömt.

"Oroa dig inte, älskling. Jag ska vara försiktig," viskade hon direkt i hans öra.

Dick, en tystlåten kille, skrattade åt den lilla trickstern:

"Tja, lilla, det verkar som att du har mig precis där du ville ha mig."

"Tja, jag har dig. Tack för att du märkte det," skrattade hon när hon gick mot dörren. " Nu stanna _ fortfarande och jag kommer genast tillbaka."

Att vara begränsad var en ny upplevelse för Dick. Paret hade varit inblandat i slaveri från början av deras förhållande och under sina tre decennier tillsammans hade Samantha tillbringat otaliga timmar handfängslade, kedjade och till och med på en stockade. Hon hade aldrig visat intresse för att vända på steken tidigare, så det här var en oväntad vändning.

Dick var imponerad av att Samantha utnyttjade sin fantastiska erfarenhet för att binda honom vid sängen. Han testade sin rörlighet och var verkligen stolt över att hon hade lyckats säkra honom utan att orsaka honom smärta.

Handbojorna satt inte för hårt på hans handleder/fotleder, inte heller var hans lemmar sträckta till en obehagsgrad. Sammantaget var det en ganska lyckad satsning.

Hans uppmärksamhet flyttades efter att ha märkt att Samantha hade återvänt och stod mitt i rummet.

Att säga att hon hade klätt sig för tillfället hade varit en underdrift.

KAPITEL IV

"Du gillar vad du ser?" Samanthas ögon gnistrade busigt när hon modellerade för honom i sin nya outfit.

Vanligtvis föredrog hon mjuka, feminina underkläder, men i eftermiddags hade hon gått i en ny riktning. En axelbandslös svart läderkorsett gav henne utseendet av en kvinna i kontroll. Redan liten, accentuerade den hennes lilla midja ännu mer, samtidigt som den lyckades få hennes små bröst att se större ut. Hon valde att gå utan trosor och lämnade sitt hårlösa kön exponerat för sitt tittarnöje. Lite lägre, till låret, kramade skira svarta strumpor om hennes tonade ben. När hon fullbordade den erotiska ensemblen bar hon stränga svarta stiletter.

Dicks käke hängde upp och stirrade förundrat på utseendet på hans fru, klädd i en sådan vågad outfit.

"Shit! Du ser SÅ het ut, Lille!"

Hon drog sig ifrån honom, lutade höfterna åt sidan och klappade på ryggen. Med sin kuk nu formad till en full mast kämpade han kort för att resa sig innan han kom ihåg att han var bunden vid sängen.

"Lilla, låt mig resa mig upp så ska jag ge din röv ditt livs svåraste åktur", sa han och försökte förhandla.

Samantha skakade på huvudet medan hon skrattade,

" Åh , jag kommer att få en tuff resa, oroa dig inte. Du hade din chans och du sprängde den. Jag planerar att ta det jag vill på egen hand."

"Kom igen! Jag skojade bara om att inte ha analsex. Låt oss byta plats," bad han.

Samantha ryckte på axlarna och svarade:

"Du tryckte på fel tangent, älskling. Det som är gjort är gjort. Om du nu insisterar på att prata, kommer det att få konsekvenser."

" Men ", började han.

"Precis! Men ..." svarade hon och gjorde citattecken med fingrarna. "Det är namnet på det här spelet. Nu varnade jag dig för att hålla käften och inte lyda."

Samantha rörde vid sidan av munnen med sitt pekfinger och knep ihop ögonen i falsk koncentration.

"Låt oss se, hur ska jag hantera din olydnad? Hej, jag har en idé", sa han och viftade allvarligt med händerna. "Istället för att sprattla, bör du använda din mun för att behaga mig!"

Dick kände att spelet var väl igång och var inte säker på om han skulle svara verbalt. Klokt valde han att nicka instämmande. Samanthas upprörande outfit och obscena uppträdande fick honom att längta efter någon form av kontakt med hennes kropp.

"Ah, jag ser att du lär dig snabbt," sa hon. "Låt oss sätta din mun på jobbet. Jag vill att du ska slicka mitt stygga hål, som en bra pojke."

Än en gång nickade Dick eftertryckligt, glad över att hålla med. Att tillåta Samantha denna "rollomvändning"-ögonblick verkade helt rätt under omständigheterna och han var glad att få följa med henne på resan.

Försiktigt för att inte trycka på sin man kröp Samantha tillbaka på sängen. Hon satte sig över honom vid hans hals och knäböjde och placerade sin bakdel rakt över hans ansikte. Alltid retsamt vände hon bäckenet medan hon gnuggade händerna längs skinkornas släta kurvor.

"Ge mig nu lite nöje ... i min rumpa," sa hon med auktoritet.

Samantha kände hur Dicks kropp skakade av skrattet han kämpade för att undertrycka. Att kyssa sin fru var egentligen inte ett straff och att se henne bli kåt medan han slickade hennes rumpa var upphetsande. Följaktligen var han mer än glad att behaga henne.

Samantha leende lutade sig ner och tittade mellan sina ben,

"Jag ger dig tillgång till en mycket speciell plats, baby."

Som om hon avslöjade en värdefull gåva, flyttade hon händerna till mitten av sin tonade rumpa och delade sina krämvita skinkor. Där, för Dicks tittande nöje, var hennes känsliga stjärna. I dagens ljus kunde han lätt uppskatta var och en av vecken som utgjorde hennes namnlösa entré. Något mörkare än resten av huden gav tonen henne en nästan exotisk look. Sammantaget var det ett mycket attraktivt mål och han tröttnade aldrig på att träffa det.

Samantha misstolkade sin paus och sa uppmuntrande ord:

"Kom igen, älskling. Du vet vad du ska göra. Lägg din mun på min röv."

Med nöje knep Dick ihop sina läppar och tryckte dem mot Samanthas anus, som nu darrade av förväntan. Tillgiven nafsade han, sög och kysste sig runt den lilla cirkeln och framkallade mjuka stön från sin fru. Han var ingen amatör, han visste precis hur han skulle hantera den skrynkliga huden runt hennes bakdörr.

Samantha var evigt vördnadsfull över det nöje hon upplevde under anal stimulering. I hennes sinne bevisade det att analsex var en naturlig sexuell handling, att den inte förtjänade sin tabustatus. Snart fick den utsökta känslan av att hans mun smälte mot hennes öppning henne i balans och längtade efter mer.

"Baby ... snälla! Skjut din tunga upp i min röv och få mig att sperma." stönade hon.

Hon behövde inte säga det två gånger. Dick var en extremt generös älskare och han hoppades kunna pressa henne till det yttersta. Han stack ut sin tunga och stelnade den så mycket han kunde innan han på lämpligt sätt invaderade hålet som fräckt erbjöd av sin fru.

För att hjälpa sänkte Samantha långsamt ner kroppen tills hennes tunga knappt kikade genom den spända ingången till hennes njutningsställe. Den brännande värmen inom hennes känsliga kant påverkade henne så djupt att den för ett ögonblick stal hennes andetag. Samantha var sugen på en full penetration och började sin sista nedstigning på hans mun.

"Fan älskling. Det känns så bra! Oooooh !" Samantha började röra sin röv på hans obevekliga tunga.

Dick tog upp hennes uppenbara signaler och gick efter smak. Sakta men säkert uppnådde hans tunga maximal intim kontakt. Som vanligt accepterade hennes yttre sfinkter hans intrång efter visst initialt motstånd. Väl förbi den barriären trängde han sig framåt, tillräckligt djupt för att korsa hennes mest oflexibla inre sfinkter.

" Aaahhhh ! Baby! Snälla! Få mig att sperma!"

Även om han var betydligt mindre än hans kuk, kompenserade Dicks tunga för storleksskillnaden med hans skicklighet. Han växlade mellan att rulla med tungan och knuffa in och ut från hennes mest privata plats. Utan brådska kunde han med glädje dämpa hennes behov. Att döma av mängden fittjuice som samlades på hans haka visste han att hon snart skulle klimax.

När Dick arbetade med sin magi på hennes rumpa, var Samantha utom sig själv. Hon hade med viss otålighet väntat på detta ögonblick hela dagen. Att känna hans sensuella läppar och begåvade tunga på hennes intima område skickade en våg av lättnad genom hennes kropp. Samtidigt var den sexuella spänningen som byggts upp på gränsen till att explodera. Det var en intressant kontrast som hon tyckte om.

Efter att ha tillbringat flera minuter med att ta hand om Samanthas köttsliga drifter, kände Dick hur hennes hållning förändrades. Hon böjde ryggen och började sakta röra sig upp och ner över hans ansikte, samtidigt som hon höll sina skinkor öppen för hans tunga. Hon var nära att komma och han rustade sig för vad som skulle komma härnäst.

Plötsligt stelnade hon. I ett desperat försök att hitta stöd flyttade hon sina händer mot hans bröst och lämnade hans ansikte mellan hennes tack och lov små skinkor. Han kunde knappt andas, han tryckte tappert på.

Tiden verkade stanna när Samantha susade av den orgasmiska klippan. Det som började som en liten gnista i mitten av hennes anus spred sig snart som en löpeld i hela hennes kropp. På den där bråkdelen av sekunden började varje muskel i hennes bäcken dra ihop sig och slappna av rytmiskt när den välsignade frigörelsen gjorde anspråk på henne.

" Åååhh gud!" Hon ylade högst upp i lungorna, huvudet kastades bakåt i extas.

Efter flera sekunder blev Samantha halt och föll framåt på Dicks mage och drog ut hans rumpa ur ansiktet. Mumlande verkade hon tillfälligt osammanhängande, men lyckades röra sig och stanna vid hans sida med huvudet vilande mot hans bröst. Hon smekte honom och spinnade som en nöjd sexkattunge.

Susan, redan mer avslappnad, mumlade till slut:

"Baby, det kändes fantastiskt. Du kan prata nu om du vill.

"Nej. Jag mår bra", var hans arroganta svar.

När hon tittade på hans ansikte, fnissade hon,

"Verkligen? Är det inget du vill säga?"

Hans enda svar var att skaka på huvudet med ett förbryllat uttryck. Ibland var orden helt enkelt inte nödvändiga.

Samantha accepterade Dicks löfte om tystnad och flyttade plötsligt fokus när hon märkte hans kuk svänga stolt mellan hennes lår. Elegant täckt med en droppe precum, kallade den henne på en sexuell nivå. Även om hon var utmattad av kraften från hennes senaste klimax, behövde hon hans kuk i rumpan och hon skulle nöja sig med inget mindre. Påskyndad av sitt obestridliga begär sträckte hon ut handen och grep hans bultande manlighet med båda händerna.

"Hmmm, du kommer att prata väldigt snart", svarade hon självsäkert medan hon strök hans kuk och fyllde den med saliv.

I allmänhet var Samantha inte ett fan av att vara på topp och föredrog att absorbera kraften från Dicks manliga kraft under samlag. När hon insåg att detta var hennes dominerande ögonblick att lysa, bestämde hon sig för den position som skulle ge Dick den bästa utsikten. Efter att ha tagit av sig skorna gled hon fram och satte sig på huk och stirrade på hans fötter. Balanserande på knäna, hennes rumpa svävade lockande över hans erektion.

Samantha behövde verklig anal tillfredsställelse, och nu var det dags.

"Gör dig redo, älskling. Jag ska våldta din kuk med min rumpa," viskade hon med en röst färgad av lust.

När hon sträckte sig bakom henne, tog hon tag i hans kuk med sin högra hand och använde den andra för att dra sin vänstra skinka åt sidan. Med precision riktade hon hans manlighet mot hennes hungriga hål och gnuggade hans huvud vid hennes ingång. Kombinationen av hans precum och hennes saliv var ett effektivt smörjmedel och hon visste av erfarenhet att det skulle räcka för att underlätta hennes passage.

Dick kände sin klämma när hans kuk petade ut. Försiktigt fortsatte hon med att montera den tills hon satt på plats vid sin bakre ingång. Även om det var långt ifrån sin första anala erfarenhet, uppskattade Dick fortfarande den extraordinära utsikten över Samanthas rumpa, när den lindade hans kuk. Han tröttnade aldrig på den kraftfulla bilden, han önskade bara att hon kunde uppnå hans synvinkel.

Han klamrade sig hårt fast vid hennes varma kött och längtade efter den ljuva friktion som kom från att gå vilt fram och tillbaka ur den smala kanalen. Men för tillfället var han nöjd med att låta Samantha köra och vänta på sin tid.

Efter att ha stönat under hela insättnings- och anpassningsperioden, talade Samantha slutligen med stor stolthet:

"Baby look! Jag knuffade dig djupt i min rumpa, ensam!"

Närvaron av Dicks tjocka medlem på hennes rumpa satte alltid Samantha i omloppsbana, eftersom sträckningen av hennes känsliga vävnad var nästan tillräckligt för att framkalla en orgasm. Men att vara på kanten av Nirvana var inte lika bra som att ta sig dit. Det fanns fortfarande arbete att göra. Genom att lägga båda händerna på hans lår och välvda ryggen förberedde hon sig för den sista rundan.

Hon började stiga och falla på hans hårda längd med beslutsamhet. Till en början var det avsiktligt, samtidigt som man försökte anpassa sig i lagom takt. När hon försökte få upp farten upptäckte hon att det var en ganska utmaning utan Dicks hjälp. Graciöst lyckades hon växla till sin känsla utan att få bort hans kuk. Men det stod snart klart att hennes ringa kroppsbyggnad gjorde det omöjligt att uppnå den straffnivå hon så önskat.

Efter flera minuter av Samanthas ansträngningar blev Dicks desperation outhärdlig. Även om han njöt av denna aptitretare, var hans kuk sugen på huvudrätten. Ändå höll han tillbaka och väntade på att hon skulle vidarebefordra vittnet till honom.

"Baby, jag ... det här ... är ... svårt", erkände hon slutligen, oförmögen att gå vidare med sin egen rumpa.

Dick var mer än redo att återta ställningen som dominerande stat. Under Samanthas nästa sänkning rörde han oväntat sina höfter. Följaktligen föll Samantha bakåt, medan han fortfarande spetsade på sin kuk. När hon landade med ryggen mot hans bröst, försökte hon och kunde inte räta upp sig. Dick väntade medan hon rörde sig i några sekunder och såg till att hon var stabil i sin position.

"Säg mig nu, Lille, vem som har ansvaret", viskade han.

Lättad av hjälpen var Samanthas begäran enkel:

"För Guds kärlek, hugg ut mig, älskling."

Dick släppte till slut hennes behövande rumpa när han var nöjd med hennes position. Han hoppade som en bronco och slog henne hårt underifrån när hon höll sitt bäcken något ovanför hans. Hennes skrik, stön och vädjanden om "MER" var som musik i hans öron. Hans fru älskade verkligen analsex ... det var han säker på.

Nu när Dick gav henne det hon så väl behövde, var Samantha i himlen. Trots deras relativa positioner lät hon honom gärna göra anspråk på hennes kropp, vilket gjorde den till sin egen. Stor och kraftfull påverkade hans kuk henne på ett sätt som hans tunga inte kunde och djupet till vilket han sänkte hennes innerväggar förberedde henne snart för ett nytt klimax. Att höra honom morra när han fann njutning i hennes rumpa pressade till slut Samantha till det yttersta.

"Snälla! Sluta inte!" Hon bad.

Efter att ha känt sin fru på stupet, belönades Dick snart för sina frenetiska ansträngningar. När han äntligen dukade under, klämde hennes rumpa hans kuk med övermänsklig styrka. När hennes rytmiska sammandragningar väl började lät han en välförtjänt orgasm ta över hennes kropp. Ström efter ström av hans frö forsade in i hennes hårda lust medan han skrek hennes namn med lustfyllt nöje.

Redan på toppen av sina kroppsspasmer hade Samantha ett känslomässigt klimax när han kallade henne vid namn. Det fanns ingen större belöning än att få Dick till orgasm med en av hennes och hon trivdes med denna sexuella rusning. Instinktivt grep hon hans höfter som ett ankare medan deras kroppar darrade unisont.

Samantha kollapsade ovanpå honom efter att ha klarat den sexuella tsunamin. Hon famlade i flera sekunder innan hon försökte koppla från källan till hennes sexuella tillfredsställelse. Den fulländade "Dirty Girl" njöt av sin sperma på hennes rumpa och ville rädda vad hon kunde. Överraskande lyckades hon resa sig och vrida allt i en rörelse och sprida ut hela kroppen. Dick var mätt och nöjd med att låta sig slappna av, även om han fortfarande var fasthållen av handbojorna.

När hon lyssnade på hans långsamma puls kände Samantha att han kanske sov och bestämde sig för att hon kunde släppa sin sexleksak på eftermiddagen.

Kortfattat undrade hon om han skulle hämnas. Av hela sitt hjärta förväntade hon sig det...

Bara tiden skulle berätta .

UPPTÄCKER BAKENTRÉN

Jag stönade och rullade på sängen.

Det svaga ljuset som kom genom gardinerna berättade för mig att hon hade sovit in lite senare än vanligt.

Jag suckade och drog täcket närmare.

Jag kände hur min flickvän flyttade sig lite bredvid mig, hennes bara rumpa tryckte mot sidan av mitt ben.

Minnen från kvällen innan började komma tillbaka genom morgondimman.

Vi hade varit ute med vänner på stan, en lugn utekväll för middag och en pratstund.

Cinthya, min flickvän, hade vunnit myntkastningen tidigare på natten, så jag var den utsedda föraren den här gången.

När vi lämnade våra vänner och gick tillbaka till bilen snubblade hon lite och jag höll upp henne så att hon inte skulle ramla.

Jag passade på att smyga ut med en kyss och ta tag i hennes vackra rumpa, vilket fick henne att skrika och lekfullt smälla till mig.

"Förlåt, jag kunde inte motstå", sa jag med en blinkning när hon flyttade tillbaka in i mina armar.

Hon skrattade och gled upp handen mot mitt gren och gav den en försiktig klapp.

"Jag kunde inte heller" skrattade hon.

Jag skrattade också och hjälpte henne till dörren och bugade dramatiskt när hon steg in i bilen.

Innan jag stängde dörren ställde jag mig framför henne och frågade henne om hon fortfarande inte kunde motstå.

Med ett skratt sträckte han sig fram och gnuggade mitt gren igen, långsammare och säkert mindre lekfull än första gången.

Jag kände att jag blev lite tuffare, men när jag visste att vi hade en halvtimmes bilfärd framför mig backade jag och stängde dörren.

När vi körde tillbaka till mitt hus pratade vi om vår kväll, och diskussionen gick till Cinthyas vän July, som nyligen hade gjort slut med sin långvariga pojkvän.

July var klädd i en mycket avslöjande T-shirt och Cinthya sa med ett leende att hon hade märkt att han hade undersökt henne ett par gånger.

Jag försökte hävda att jag inte hade det, men utan resultat, jag var skyldig som anklagats.

Cinthya sa att det var bra och att det skulle vara svårt att inte kolla upp henne eftersom hennes bröst var utställda för alla att se.

"Och på tal om grov..." retade han medan hans hand återigen gned mitt gren. "Är det här för att tänka på juli?" frågade hon medan hon gned handflatan längs min stela kuk.

"Nej, jag tänkte bara på att ta dig hem och lägga mig," sa jag och sträckte mig snabbt efter hans bröstkorg för att ta tag i den med min högra hand.

Hon skrek och klämde min kuk genom mina jeans.

"Jag är ledsen att du inte vill vänta tills du kommer hem," sa han och gnuggade mig.

Hennes händer flyttade sig till min dragkedja medan hon viskade "Vi kanske borde se vad din kuk tycker..." Cinthya drog upp mina byxor och drog upp min kuk ur mina underkläder.

"Ahhh, där är det", sa hon medan hon strök min stenhårda lem. "Jag tror inte att han kan vänta tills vi kommer hem", skämtade han, "jag tror att han vill spela just nu."

Med det lutade hon sig ner och vilade sitt huvud i mitt knä och för långsamt tungan över huvudet på min kuk.

Jag stönade och klämde ratten medan hon retade mig.

Hon hade aldrig haft ett kukhuvud i munnen när hon körde på vägen och var glad över att kolla av detta på sin bucket list.

Hon gled sin mun mot min kuk och virvlade tungan runt den.

Med ett stön började hon röra huvudet upp och ner, hennes heta mun gjorde mig galen.

Jag stönade högt och flyttade en hand till hennes bakhuvud, och visste att hon älskade att få håret dras när hon sög på hans kuk.

Slurpande ljud fyllde bilen medan hon fortsatte att suga mig, men jag tog varje uns av energi jag var tvungen att fokusera på att ta oss hem säkert.

Hon drog munnen från min kuk och stönade "Du smakar så jävla gott" innan hon sög på den igen.

Jag visste att jag närmade mig orgasm så jag sa till henne att hon borde sakta ner, men det fick henne att ignorera mig när hennes huvud började guppa på min kuk ännu snabbare.

Vi närmade oss en stoppskylt och det fanns inga bilar i sikte, så jag stannade, tog hårt tag i hennes hår och hällde en ström av sperma i hennes mun.

Cinthya stönade när hon kände sperma stänka in i hennes mun om och om och om igen.

Jag kom inte ihåg när jag senast hade kommit så hårt och så hårt.

Han satte sig långsamt upp och tittade in i mina ögon när han svalde varje droppe i munnen.

"Ta med mig hem", krävde han när jag märkte att hans fingrar hade glidit upp i hennes kjol och jobbade extra under hennes trosor.

* * *

Jag vaknade ur mina tankar när Cinthya vände sig om och märkte att jag frånvarande smekte min nu bultande erektion efter att ha återupplevt minnena från sista nätterna i mitt huvud.

Hon sträckte sig och gäspade innan hon myste in i min sida, hennes hand rörde sig nedåt för att flytta min hand bort från min kuk.

"Det är mitt" sa hon medan hennes fingrar lätt rörde vid mig.

"All yours" sa jag och gjorde en show av att hålla mina händer från hans ägodelar.

Han började sakta sänka sig på sängen och drog av mig lakanen och täcket medan han rörde sig.

"Hell yeah, all mine," stönade hon när hon kysste sig ner i min mage innan hon lätt kysste huvudet på min kuk.

Ännu en kyss ledde till ytterligare en liten kyss, och snart hade hon hela min kuk i munnen igen.

Hon visste hur mycket jag tyckte om att väcka mig med en avsugning, men efter igår kväll ville jag att hon skulle njuta lite också.

"Hämta den där heta lilla kattungen du har här," bad jag medan jag sträckte mig efter hennes ben.

"Du är inte den enda hungrig i morse," retade jag.

Med rullande ögon på mitt dåliga skämt vände hon på benen och snart var vi i den klassiska 69-positionen.

Lika mycket som jag älskade att känna min kuk i hennes varma, våta mun, njöt jag av att leka med hennes fantastiska lilla fitta ännu mer.

Jag gled långsamt min tunga längs hennes läppar och framkallade ett stön från Cinthya när hennes mun sakta rörde sig upp och ner i min kuk.

Hennes fingrar lekte väldigt lätt med mina bollar, och då och då tog hon min kuk ur munnen, smekte mig och sa åt mig att äta upp hennes fitta.

Jag flyttade mina händer runt hennes ben så att jag kunde glida in mina fingrar i hennes genomblöta fitta nu och hon tryckte mot mig och försökte knulla sig själv i mina fingrar så gott hon kunde.

Efter att ha knullat henne med fingret ett ögonblick, gled jag min tunga bakåt och gned den över hennes lilla klitoris.

"Mmmmm, fy fan", viskade hon medan hon smekte henne ännu mer.

Jag gled tillbaka mina fingrar inuti henne och med min andra hand slog jag hennes vackra rumpa.

"SHIT JA" stönade han när han slog henne igen.

När jag strök hennes fitta med långa, långsamma drag, klämde min andra hand hennes rumpa, spred hennes skinkor och lät mig se hennes lilla anus.

Med ett leende gled jag mitt finger längs hennes slida, täckte den med hennes juicer och förde sedan ner det till hennes täta hål.

Jag gnuggade försiktigt hennes rumpa och tryckte sakta fingret mot den.

Min andra hand fortsatte att arbeta in och ut ur hennes varma, blöta fitta när jag lekte med hennes snäva lilla bakre hål.

Jag tog snart mod till mig att trycka lite hårdare mot hennes anus och min fingertopp gick in i hennes botten för första gången.

Jag höll den där och gled ner min tunga till hennes fitta, slickade och fingrade hennes rumpa lite till, tryckte och gnuggade henne långsamt.

Jag gled in mina fingrar i hennes fitta och började leka med hennes klitoris, vilket fick henne att stöna och trycka mot mig.

Som ett resultat gled mitt finger i hennes rumpa förbi den första knogen, förbi det jag hade planerat att gå.

Jag stoppade tillbaka mina fingrar i hennes fitta och fortsatte att knulla henne, mitt andra finger satt fortfarande fast i hennes strama rumpa.

Det var då jag insåg att hon inte längre sög min kuk, utan vände på huvudet i ett försök att titta på mig.

Hennes höfter gungade lätt och hon stönade.

"Vad gör du?"

Jag stammade att jag njöt av hennes fitta, men hon frågade mig:

"Rör du vid min rumpa?"

Jag var tvungen att erkänna att jag var det och började be om ursäkt, men innan jag hann fortsätta hörde jag hur hon stönade "det är så smutsigt" och hennes höfter började röra sig lite hårdare, "jävla smutsigt, rörde vid min rumpa."

"Ska jag sluta?" jag frågade honom

"Fan nej, gör det svårare" stönade han när hans mun föll tillbaka till min kuk.

Jag tryckte fingret hårdare mot henne och belönades med ett högt stön.

Jag gav upp att leka med hennes fitta och fokuserade på hennes rumpa.

Jag sträckte min hand mot nattduksbordet och fumlade i blindo tills jag hittade flaskan med glidmedel jag letade efter.

Jag gled mitt finger från hennes rumpa, vilket fick henne att stöna.

Jag hällde sedan lite glidmedel på mitt finger och började gnugga det täta lilla hålet med glidmedlet innan jag tryckte ner fingret igen.

Hon andades in kraftigt och tryckte rumpan mot mig och bad mig fortsätta leka med hennes smutsiga rumpa.

Med glidmedlet gjorde det lättare att glida in i hennes rumpa, och snart hade jag fingret djupt i hennes tidigare jungfruliga rumpa.

När jag stack in och ut fingret stönade hon högre än jag någonsin hört förut, hennes höfter gungade hårt mot mig och försökte penetrera varenda tum av henne.

"Jag undrar hur bra din kuk skulle må där inne," stönade hon och tittade upp på mig.

Jag frågade honom om han menade allvar och han nästan skrek åt mig att jag skulle knulla mig nu.

Hon vände sig bort från mig och väntade på sängen på alla fyra.

Jag hällde mer glidmedel på min kuk och smekte den, förberedde den för att fylla min flickväns trånga hål.

"Fan my ass, fan my ass," fortsatte hon att viska, hennes höfter svajade från sida till sida.

Jag rörde mig bakom henne och höll fast min kuk och tryckte mitt huvud mot hennes rynkiga hål.

Jag tryckte långsamt och snart gled spetsen inuti henne, hennes stön ekade från rummets väggar.

Jag tryckte försiktigt in min kuk i hennes rumpa, hennes stön blev högre när jag gick.

Snart hade jag hela min kuk begravd i hennes rumpa, mina händer grep om hennes höfter när jag lutade mig framåt och frågade hur hon kände sig.

"Fan det känns så bra" morrade hon. "Nu knulla min röv, knulla min röv baby" sa hon.

Jag gled sakta tillbaka min kuk innan jag kastade mig tillbaka in i henne, vilket fick henne att yla av njutning.

Hettan i situationen gjorde mig galen och innan jag visste ordet av var jag redo att explodera.

Jag sa till henne att jag nästan var framme och hon stönade "cum inom mig, fyll min röv med din heta sperma!"

Jag tog hårt tag i hennes höfter och kastade min kuk i hennes röv och grävde ner den djupt inuti henne när jag nådde sin kulmen.

Med varje utbrott av mitt kunde jag känna spasmerna av hennes kroppsspasmer tills jag fyllde färdigt hennes rumpa med min mjölk.

Hon begravde sitt ansikte i kudden och stönade om och om igen när min kuk gled ut ur hennes jävla röv.

Jag rullade på ryggen bredvid henne och hämtade andan.

Han stannade på alla fyra och flämtade.

Han vände huvudet mot mig och sa med ett leende "låt oss få den där kuken hårt så fort vi kan, jag behöver en till jävla av det här direkt"

RISKABEL BACK BET

85

KAPITEL I

Tequilashots, mistel och mitt livs dummaste beslut.

Det var tio månader sedan, men jag kunde fortfarande inte titta in i Jeremy Cartwrights ögon.

Och det retar mig.

Inte bara på grund av det korkade, korkade julfestsexet som jag ångrade med hela mitt väsen, utan för att jag efter mötet precis hade uthärdat, jag ville verkligen titta på det just nu.

Och jag kunde inte för varje gång jag tittade på honom tänkte jag på honom... när jag lämnade honom...

Åh, vad jag inte skulle göra för en magisk hjärnjuicer.

Jag riskerade en kort blick över bordet.

Han log mot mig.

Bastard.

Han kunde inte minnas senast Jeremy mötte ett lagmål.

Så varför log han mot mig över bordet när han borde ha skämts?

För mannen hade ingen skam.

Det var inte bristen på skicklighet som stoppade honom, nej, Jeremy var bara lat.

Lättja.

Han hade stigit i graderna genom charm, snyggt utseende och noll substans.

Som någon som hade kämpat med näbbar och klor för varje kampanj och varje steg på företagsstegen, gjorde hans enkla erbjudanden mig helt galen.

Southern good boy pose han hade vunnit över alla utom mig.

Det hade säkert fungerat med Lucy Sander, den nya managern för Eastern Division-laget.

Lucy, som precis hade anklagat mig för att inte vara en lagspelare, på grund av honom.

Jag, Nancy Harrison, är ingen lagspelare.

Jag är inte en lagspelare?

Jag är ordboksdefinitionen av en lagspelare.

Jag gjorde allt för laget.

Jag gav allt, blod, svett, tårar och alla andra dumma klichéer.

Allt jag frågade var om vi skulle börja ta hänsyn till individuella mål när det gäller kvartalsbonusar.

Från hans ansiktsuttryck kunde han lika gärna ha föreslagit slakt av ungar i grossistledet.

Det var inte bara Lucy som reagerade illa; alla tittade på mig som om jag var Cruella De Ville.

Alla trodde att han hade någon form av ond agenda för att konfigurera om bonusstrukturen.

Jag försökte inte få någon ur ett band.

Alla hade helt tappat innebörden av det jag sa.

Jag älskade att arbeta för Williams Resource Recovery.

Jag kom till företaget direkt från universitetet när det bara var en startup inom det relativt nya fältet av miljöresursåtervinning och rådgivning om utsläppsminskning.

Jag levde för företaget och dess ideal, särskilt dess policy för inkluderande ledning.

Han var starkt för att främja ett kooperativ snarare än en konkurrenskraftig företagsmiljö.

Jag ville inte helt bryta andan i de kollektiva målen.

Jag ville bara, jag ville bara... jag ville...

För att straffa den lata Jeremy Cartwright.

Det var vad jag ville.

"Vad är ditt problem?" Jag väste åt honom på andra sidan bordet och hatade hur han lät, som någon sorts dement smussmus.

Jag är inte så här, denna arga och bittra person, det var på grund av honom, bara han, som fick mig att agera så här.

Han skrattade.

Han skrattade mjukt, som om det var lite roligt, vilket bara fick mig att hata honom mer.

Vi var de sista kvar i mötesrummet.

Jag hade stannat för om jag inte praktiskt taget hade klistrat fast min rumpa vid sätet och tagit tag i armarna på stolen, skulle jag ha stormat ut ur rummet i ett raserianfall som avslutade karriären.

Jag skulle inte resa mig från stolen förrän mina ben inte längre skakade av Jeremy Cartwright-inducerad ilska.

Hur jag ville ta bort hans dumma leende pose, men som om han kunde känna hur nära han var på att knäcka mig, hade Jeremy stannat kvar för att reta mig med sitt melodiska skratt.

"Mitt problem älskling? Vad är ditt problem? Jag är inte den som blir vitknöd när jag har det svårt på möten."

"Vita knogar? Jag har dem inte, jag är..."

Min upprördhet bleknade när jag insåg att mina fingrar hade blivit domna av blodförlust orsakad av grepp.

Jag tog fingrarna från armarna på stolen, tog ett djupt andetag och började en inre sång.

Jag är lugn.

Jag är lugn.

Jag är lugn.

Jag gjorde ett ganska bra jobb med att lugna mig själv – de vita prickarna hade försvunnit från min perifera syn och jag kunde inte längre känna mitt förhöjda hjärtslag i pannan – när han började nynna.

Den där råttjäveln.

Förra julen, låten som hade spelat när vi... när han...

Åh gud, det borde hon inte, hon ville inte gå tillbaka dit, inte nu.

Jag tvingade mig själv att se upp för att möta hans elaka blå ögon.

Jag talade långsamt, i ett försök att hålla den gälla vreden som kokade i mitt blod från att sippra in i min röst:

"Mitt problem, Jeremy, är att du inte kan uppnå ett enkelt mål för att rädda ditt lata, värdelösa liv."

"Verkligen?" han drog.

Jag kallade honom bara lat och värdelös och mannen hade inte ens anständigheten att låta lite irriterad.

Han lutade bara huvudet, som om jag hade berättat något intressant för honom.

"Nancy, jag kommer att nå de målen. Jag kommer faktiskt inte bara att uppfylla dem, älskling, utan jag kommer att överträffa dina."

Jag kunde inte låta bli det höga fnysandet.

Jag var tvungen att skämta.

Jasså?

Det fanns inget sätt att han var seriös.

Det senaste året var det inte ens i närheten av att nå målet.

"Rätt. Ja."

Jag lutade mig över bordet och punkterade varje ord med en hånande skakning på mitt huvud.

"I dina drömmar."

Den södra good boy-fasaden försvann ett ögonblick och de mjuka blå ögonen blev iskalla.

"Vill du slå vad om något Miss Harrison?"

Jag blev plötsligt orolig, rädd faktiskt, vilket inte var meningsfullt eftersom hans bravader inte hade någon chans att fånga mig, än mindre överträffade mig.

Målen skulle lämnas in på mindre än tre veckor.

Men av någon anledning ville han inte spela.

Hon ville inte riskera att lära sig avsikten med vad som helst som lurade i den iskalla blicken.

Jag svarade inte.

Jag bestämde mig för att vara vuxen, reste mig upp och gick runt bordet i riktning mot utgången.

Med varje steg bort från mig gjorde jag det klart för honom att jag var för mogen för att leka med dessa saker.

Jag njöt av att spela mognadskortet, men när jag sträckte mig mot honom sträckte han fram handen och tog min arm.

"Är du rädd?" han utmanade mig med hans mjuka sydliga drag.

Jag skakade hans hand.

"Ja. Visst. Jag skakar. Helt livrädd. Skakar i rumpan."

Jag vände mig om, lutade min rumpa in i honom och skakade honom och rörde mig som en statist i en rapmusikvideo.

Mitt stora misstag.

Han skrattade.

Ett förtjusande rykte som utan tvekan fick varje kvinnligt öra som kunde lyssna att sucka av ljudet, alla utom jag.

Han reste sig, lutade sig närmare, så nära att hans grova haka borstade mitt öra och jag fick kämpa mot en rysning.

Medan han lutade sig mot min rumpa mumlade han:

"Vad sägs om att vi satsar på den rumpan?"

Jag vände mig om och knuffade honom med båda händerna mot hans bröst.

"Den där?"

"Satsningen är på din röv, miss Harrison. För stark för dig? Vill du backa?"

Jag tittade på de öppna dörrarna till konferensrummet för att kontrollera att ingen hade hört hans ord innan jag viskade till honom.

"Satsningen går åt båda hållen kompis. Är du redo att möta den förlusten, söta pojke?"

Jag stirrade på hans rumpa vilket fick honom att skratta igen.

"Jag tror att jag är ganska säker med det", sa han.

Vilket gjorde mig arg.

Löjligt arg.

Dumt nog att sträcka ut min hand och säga:

"Du har det som en vacker pojke."

Dumt, inte för att jag trodde att jag kunde vinna, utan för att jag gav efter för hans anspråk på att involvera mig i denna satsning.

"Älskling, jag ska slå dig nästa vecka", sa han med en blick på min utsträckta hand som kastade mig av spåret.

"Det är vad du skulle vilja."

Jag stirrade på honom, vilket bara fick hans flin att förvandlas till ett brett flin.

Jag höll på att dra tillbaka min utsträckta hand när han tog den och drog mig till sig.

Han lutade sig in, munnen mot mitt öra, sandelträet och mansdoften brände med honom.

"Åh älskling, vi vet båda sanningen. Inte sant?"

Ljudet av hans röst.

Lukten av hennes hud.

Värmen från hans kropp mot mig fick mig att rygga tillbaka.

Återigen den jäkla Whams som spinner i sång.

Mistel som hänger på kontorsdörren.

Smaken av rom och fondantkaka på hennes läppar.

Värmen från hans hand som slår min rumpa.

Den hårda träkanten på skrivbordet biter i mina höftben.

Ljudet av min röst som skriker i orgasm och ber om mer.

Den natten.

Den där dumma och hänsynslösa natten hade jag cirklat ett finger vått av mina egna juicer mot anus.

Om och om igen hade han retat den där hemliga platsen, varje slag lite djupare, tills han hade tryckt in allting.

Hans djupa röst mullrade i mitt öra och sa till mig att nästa gång han fångade mig skulle det vara där borta.

Jag skakade av mig minnet.

Det blev ingen nästa gång.

Det skulle inte bli någon nästa gång.

Det fanns inte tillräckligt med tequila i världen för att föra mig tillbaka till den situationen.

"Du är så spänd , Nancy. Så nervös. Jag kan hjälpa dig med det," mumlade han medan han sänkte sin hand för att vila i kurvan på min rygg.

En värmekula sköt genom mig vid hans beröring.

Jag gick därifrån, skäms över hur blöta minnena hade gjort mig.

Vad handlade den här mannen om?

Hur kunde han göra mig så arg och fortfarande vilja ha honom?

Jag var på väg att dra tillbaka vadet.

Att berätta för honom att det var ett enda stort dumt misstag när han i det ögonblicket satte ett finger mot mina läppar.

"Shh, Nancy, ingen tid att prata, jag måste tillbaka till jobbet om jag ska slå dina siffror."

Och så var han borta.

Inte särskilt snabbt.

Fortfarande på det där sydliga "alltid i världen"-sätt gick han ut ur konferensrummet och tillbaka till sitt kontor.

KAPITEL II

Tracy hittade mig vid mitt skrivbord.

Hur visste du att det skulle vara här?

Jag hade medvetet undvikit matsalen i fåfängt hopp att jag skulle kunna ta mig ur det här samtalet, men allt jag verkade ha gjort var att fördröja det oundvikliga.

"Så", sa han och lutade sig över mitt skrivbord, "du ser ut som Grinchen. Jag hör att du försöker stjäla våra fackliga obligationer."

Jag svarade inte.

Han satte sig i min gäststol utan att fråga och kom fram och tog med sig en massa tobak och doften av marijuana.

"Du vet vad problemet är, eller hur?"

Jag visste vart detta tog vägen.

Där det alltid gick med Tracy...

"Du måste få bort den mannen ur ditt huvud"

... under bältet.

Enligt Tracy fanns det inte en jävla sak i världen som det inte kunde fixa att vara en bra tik.

Från krisen i Mellanöstern till en dålig dag: han lyckades alltid hitta ett sätt att reducera det hela till sex.

Jag suckade och sänkte huvudet för att knacka på skrivbordet.

"Påminn mig igen, varför är du min bästa vän?"

Hon skrattade, ett sött ljud blandat med en rasp, produkten av en livslång tillgivenhet för smakerna av Lucky Strike.

"För att du skulle behöva sluta ditt jobb för att hitta någon annan och..."

Jag avbröt och avslutade hans mening...

"...Jag vet allt om dig, så mer än du gör i alla fall."

"Wow. Va."

Han strök mitt huvud nedåt.

"Du behöver en frisyr, älskling. Varför går du inte tidigt idag? Gud vet att han är skyldig dig n timmar."

Jag satte mig upp och drog en hand genom håret och tog upp min långa lugg.

"Jag kan inte, jag behöver..."

"Du måste bli knullad. Du måste klippa dig. Du behöver ett liv. Det är vad du behöver. Jorden kommer inte att sjunka in i koldioxidkaos eftersom du lämnar företaget lite tidigt för att fixa dig själv."

Jag suckade.

Min lugg faller återigen över mitt ansikte.

Jag blåste bort det med en fläkt.

Kanske hade hon lite rätt, men hon visste att jag var för envis för att erkänna det.

Vi tittade på varandra, jag rynkade pannan genom en hårgardin och hon log, det där perfekta skönhetsdrottningens leende.

Han log ett falskt leende mot mig.

Jag bröt först.

Om det inte hade varit för det där mötet och korkade Jeremy Cartwright så hade jag kanske orkat hålla blicken rak, men jag gav upp.

Det var hans fel.

Allt hade varit hans fel.

"Okej", sa jag.

Tracy reste sig.

"Jag vet att jag har rätt", sa hon medan hennes skönhetsdrottningsleende förvandlades till ett stort leende.

"Jag sa inte att du hade rätt."

Han täckte örat med handen och sa:

"Vad var det där? Jag hörde ingenting efter att du sa att jag hade rätt."

Jag mumlade ett värdelöst "Bitch" när hon backade.

Han stannade vid dörren och sa över axeln:

"Åh, jag bokade en tid för dig klockan fyra med Dustin på frisörsalongen. Var inte sen. Och gör som du blir tillsagd."

"Vad? Jag vill bara klippa mig. Inget annat", skrek jag, men hon var redan runt hörnet.

KAPITEL III

Jag kom tillbaka nästa dag med mitt hår klippt, färgat, polerat, vaxat och nästan fyrahundra dollar fattigare.

Trots det oväntade kontantutlägget mådde jag ganska bra med mig själv tills jag såg det.

Han lutade sig mot kontorets dörrkarm och såg ut som en av de stora katterna hon hade sett på Discovery Channel i natt.

Med sitt rödblonda hår och sitt rovgiriga leende var det lätt att föreställa sig hans huvud som huvudet på ett lejons stolthet.

Han förde sina ögon från mitt huvud till mina fötter och sedan långsamt upp sin blick baklänges för att hamna i mitt ansikte igen.

Sättet han tittade på mig gjorde mig nervös.

Jag slutade.

Jag stannade mitt i hallen.

Jag hade inte insett att jag hade frusit som ett bedövat byte förrän någon strök förbi mig på armen och jag knäppte.

Han skrattade.

Rasande gick jag fram till honom och slog honom för bröstet.

Han fångade henne och höll henne hårt.

"Den där?" sa han med en irriterande falsk oskuld.

Jag huffade, drog min hand från hans och trängde förbi honom för att fortsätta mot mitt kontor och släppte min väska på skrivbordet.

Annabelle, kvinnan som jag delat kontor med de senaste två åren, var mammaledig, så jag hade kontoret för mig själv.

Jag gillade det så.

Hon var inte riktigt en tjej som gillade delat utrymme.

Och i en perfekt värld skulle jag ha ett kontor för mig själv i ett hörn.

Jeremy gick in utan att fråga och satte sin spända rumpa på Annabelles skrivbord.

Jag ignorerade honom, slog på datorn och gick igenom mina mejl som om han inte var på kontoret.

Han harklade sig.

Jag höll blicken fäst på skärmen.

Han skrattade och jag kände hur en arg puls började slå i pannan.

"Du ser underbar ut älskling."

Jag vände mig om för att titta på honom.

Jag blev smickrad då, förväntades jag tacka dig för något nu?

Lite osannolikt att hända.

"Jag vet", sa jag med ett morrande.

Skrattande steg han fram för att luta sig mot mitt skrivbord.

Hon sköt bort papperen från bordet och lutade sig mot det på armbågarna.

arrogant jävel

Jag stirrade på honom.

Han lutade sig närmare mig.

"Tracy berättade för mig att du gick tidigt igår för ett besök på skönhetssalongen."

Jag nickade .

Han sträckte upp en hand och ryckte i mitt lockiga hårstrå.

"Du fixade ditt hår."

Jag nickade igen.

"Något annat?"

Jag sköt bort från skrivbordet och vände bort min stol från honom.

Av dess doft.

Genom hans närvaro.

Hans ögon gled nedför min kropp och stannade avsiktligt vid korsningen mellan mina ben.

Hans blick var en stekande hetta som jag kände pulsera mellan mina spända lår.

Jag hade blivit rakad.

Mer än han förväntade sig hade Tracy tydligen förklarat för Dustin några speciella önskemål.

Jag motstod den fullständiga rakningen och föredrar att min spelplan var åtminstone lite gräsbevuxen.

Hur visste han det?

"Tracy," mumlade jag.

Han skrattade, stötte sig från skrivbordet till fötterna och nickade.

"Berättade han för dig? Har han berättat om min vaxning?"

Jag kunde inte tro att hon skulle göra det!

Varför skulle hon göra det?

Han skrattade igen, högre.

När han var klar sa han:

"Åh älskling, hon sa till mig att du har varit på salongen. Hon sa att du har vaxat över dig själv."

Mitt ansikte blev rött som en brandbil.

"Gjorde du det åt mig?" frågade han och böjde på huvudet.

"Tänk om jag gjorde det? Tänk om jag gjorde det?" Jag stammade: "Är du allvar? Frågar du mig det på allvar?"

"Nej. Inte riktigt. Jag gillar bara att leka med dig. Det är bäst att du kommer tillbaka till jobbet. Så om du tar hänsyn till hur tidigt du åkte igår, så måste du hinna med idag."

Hon var fortfarande häpnadsväckande långt efter att han hade gått.

KAPITEL IV

Tracy hittade mig på det sättet.

"Åh älskling, ditt hår ser bra ut på dig. Vadå? Vadå?" Hon tittade sig över axeln. "Vad tittar du på?"

Jag skakade på huvudet.

Hon nickade och satte sig vid Annabelles skrivbord.

"Aaah, Jeremy var här, eller hur?"

"Ja, det var han. Asshole."

"Varför hatar du den mannen så mycket?"

"Han är lat. Han har inte gjort någonting sedan han kom hit. Han bara ser perfekt ut och får allt han vill ha."

"Verkligen? Hmmmm."

Tracy höjde ett ögonbryn och lutade sitt huvud.

"Vad ska det betyda?" utbrast jag.

"Världen är helt svart och vit för dig, eller hur? Bra och dåligt. Inga nyanser av grått."

"Det finns inget grått här," sa jag och väntade på den senaste kvartalsrapporten jag läste i går eftermiddag, "här är svartvita som jobbar och vem som inte gör det. Jeremy är det inte. Han har inte gjort det sedan han flyttade från Chicago sist. år ".

Tracy skakade på huvudet.

"Ibland, älskling, den verkliga historien finns inte i tidningen. Det finns i personen."

"Jag känner personen," sa jag, "han är en arrogant idiot. Det är personen. Se, jag måste jobba. Om allt du har nu är kryptiska åsikter om Jeremy Cartwright, kan vi boka om det här samtalet till lunch... Eller kanske aldrig?

Tracy skakade på huvudet igen innan hon nickade snabbt och gick till dörren för att gå.

Han stannade vid dörren, vände sig om och sa:

"Kom ihåg, älskling Nancy, det finns mer i livet än att bara göra ett bra jobb. Jeremy Cartwright är det enda du har brinner för om något annat än att minska koldioxidutsläppen eller presidentens kampanj. Jag vill att du tänker på det. Visst det betyder något."

"Det betyder ingenting. Han betyder ingenting."

Hon ryckte på axlarna och sa över axeln när hon gick:

"Jag säger inte åt dig att gifta dig med killen. Bara knulla honom lite."

Lika arg som alla hennes kryptiska kommentarer om Jeremy hade gjort mig, kunde jag inte låta bli att skratta åt hennes svar.

Knulla honom lite.

Jag har redan gjort det.

På just det här skrivbordet, faktiskt.

Mina förrädiska bröstvårtor stelnade vid minnet.

Jag stängde av flashbacken innan den tog över hela kroppen och gick tillbaka till min datorskärm.

Hon hade arbete att göra, ingen tid för Jeremy Cartwright.

KAPITEL V

Jag jobbade fram till lunch.

Tracy stack in huvudet kort för att skälla på mig, men jag ignorerade henne och fortsatte med mina ärenden.

Det var inte förrän jag tittade upp från datorskärmen för att sträcka på min värkande rygg som jag insåg att hallbelysningen var släckt.

Det var mörkt.

Jag tittade på klockan och såg att klockan nästan var nio på natten.

Min mage kurrade i protest.

Jag trängde mig ifrån mitt skrivbord, reste mig upp och gick för att leta upp närmaste varuautomat.

Hon stod framför varuautomaten och försökte motivera kombinationen av flera paket förpackad mat som en näringsrik middag när hissdörrarna öppnades.

Jag luktade på det innan jag såg det.

Thai mat.

Doften av kryddig lime och vitlök flödade genom luften och nästan fick mig att svimma.

"Pringles till middag?"

"Och ett kuvert med jordnötter", svarade jag.

Jeremy skrattade.

"Just, för det gör hela skillnaden."

"Självklart gör det det."

Hållande Pringles sa jag:

" Potatis", och sedan paketen med jordnötter, "frön".

Han lyfte upp plastpåsen med mat som han höll i sin vänstra hand,

"Cartwrights thailändska. Tillräckligt för två. Vill du ha några?"

Jag skakade på huvudet medan min mage skrek ett pinsamt morrande och sa ja.

Jeremy tittade spetsigt ner på min fortfarande stönande mage, hans munvrå ryckte i ett roade leende.

"Okej", sa jag och sträckte mig ut för att ta väskan ur hennes hand, "låt oss göra det här då."

"Med en sådan nådig acceptans är jag mer än glad att följa."

Han sträckte ut handen framför sig och gav mig en liten bugning.

"Snälla visa vägen."

Jag rynkade pannan, vände på klacken och begav mig mot pausrummet.

Han tog tag i min arm, hans fingrar spände sig runt min handled.

"Äh, eh," sa han, "på mitt kontor."

"Därför att?"

"För att det är min mat och jag kan säga var vi äter den."

Jag ville berätta för honom var han skulle lägga sin mat, men tanken på att gå tillbaka till Pringles och en jordnötsmiddag fick mig att hålla tillbaka orden.

"Bra", sa jag och skakade min arm ur hans hand.

Han släppte min handled och med ett lätt leende för han sin hand mot mitt ansikte.

Han förde ett finger nerför min panna till min käke och stoppade sedan ett hårstrå bakom mitt öra.

Jag höll andan så att han inte skulle släppa taget.

Han kom närmare.

Jag suckade, slöt ögonen, lutade hakan och väntade, redo för en kyss som inte kom.

Han gick därifrån.

Jag kände förlusten av hans närhet när en kyla rann genom min kropp.

Vilken dåre!

Vad tänkte jag när jag väntade på att han skulle kyssa mig?

Jag tittade upp och förväntade mig att se honom le mot mig, men istället...

Luften forsade ut ur mina lungor igen när jag mötte hans ögon.

Blå eld.

Värmen sköljde över mig.

En våg av begär som nästan böjer mina knän.

"Kom igen", sa han.

"Kom igen?"

Han pekade på den bortglömda plastpåsen som dinglade från min hand.

"Åh, middag," sa jag och nickade och gick fram för att följa honom till hans kontor.

Hans kontor låg i ett hörn.

Med två fönster med spektakulär utsikt och utan att behöva dela.

En annan anledning till att jag inte gillar det.

Han tände inte lampan när vi gick in vilket jag tyckte var ganska konstigt.

Hon höll på att tända ljuset när hon tände en skrivbordslampa och badade rummet i mjukt gult.

"Okej", sa jag och pekade på den gamla skrivbordslampan i mässing.

"Min farfar gav den till mig", svarade hon medan hon drog ut sin stol bakom skrivbordet och placerade den bredvid gäststolen. "Du kan sitta."

Det gjorde jag, önskade att han inte hade flyttat sin stol så nära min.

Hans knä stötte emot mig när han satte sig.

Hon sträckte sig ner i påsen och drog ut de små kartongerna med mat, två flaskor vatten och två set silver.

Två?

Jag tog besticken som erbjöds och kunde inte låta bli.

Jag skulle aldrig kunna göra det.

Obesvarad nyfikenhet skulle äta upp mig.

"Varför två matcher?" Jag frågade honom.

"Jag visste att du fortfarande var här. Jag visste att du inte hade ätit."

"Hallå!" Jag protesterade och pekade på behållaren med Cartwright's Thai som jag hade placerat ovanför mina knän i mitt knä.

Han himlade med ögonen.

"Riktig mat. Jag visste att du inte skulle ha ätit riktig mat."

"Så," sa jag och tryckte in en överbelastad gaffel full av thailändska nudlar i min mun, "varför bryr du dig?"

"Jag bryr mig", sa han och fäste de blå ögonen på mig.

Jag var plötsligt nervös.

Så jag gjorde det som kom naturligt för mig i dessa ögonblick.

Jag började ett osammanhängande babbla av värdelös information:

"Thaifolk använder inte ätpinnar. Det finns inga ätpinnar. Visste du det? En gaffel och en sked. Det är vad de använder. En av de få asiatiska nationer som gör det. Gaffeln används för att skeda mat. Du äter från skeden. Efter annekteringen av..."

Han sträckte ut handen och rörde försiktigt vid mitt knä.

Det skrämde mig och stoppade mitt babblande.

"Ät", sa han.

"Okej. Gilla."

Vi åt i tysthet.

Jag åt mer än jag behövde för att hålla munnen full.

Annars hade jag slängt ut alla frågor som sved precis under ytan.

Varför brydde han sig om mig?

Vad ville han av mig?

"Tack för middagen", sa jag och tog en sista svälj av mitt vatten innan jag gick upp.

"Inga problem", svarade han och hakade sin hand runt min höft och drog mig mot sig.

Jag snubblade och spred benen för att få balans.

Han tryckte ett lår mellan mina utspridda ben och spred sig bredare när han tryckte ner mig, vilket tvingade mig att gå över honom.

Båda händerna gled uppför min kjol och drog i tyget tills det samlades runt mina höfter.

Hans tummar släpade nerför mina inre lår, tills de borstade kanten på mina trosor.

Jag kunde inte låta bli, jag gungade fram i uppenbar inbjudan.

Han skrattade.

Ljudet gjorde mig nästan arg, men hans tänder hittade min bröstvårta.

Skit.

Värmen for genom mig när jag ryckte till i den ömma spetsen.

Grov.

Hård.

Ja.

Ja, det var det jag ville.

Vad jag behövde

Hur visste han det?

Hans fingrar grep tag i den runda delen av mitt lår och bet i huden när hans tumme doppade under den elastiska kanten på mina trosor.

Hon flyttade sig lägre och sjönk ner i poolen av fuktig värme som hennes beröring hade skapat.

Han tryckte in, täckte tummen och drog den sedan upp till min klitoris.

Skit.

Hal och blöt av mitt behov rörde hans tumme min klitoris med precision.

Jag svajade in i hans hand, krökte ryggen och tryckte mot hans tumme och manade honom vidare.

"Säg mig", sa han, med munnen fortfarande på min bröstvårta, hans ord vibrerade mot min hud.

"Den där?"

"Säg mig att du vill det här...att du vill att jag ska göra det mot dig."

Hans ord genomborrade lustens dimma och förde mig tillbaka till den verkliga världen.

Vad fan gjorde hon i värmen i Jeremy Cartwrights knä?

"Nej!" Jag rätade upp fötterna på marken och tryckte upp.

Jag reste mig från hans knä för att ställa mig framför honom.

Hans hand gled från mina trosor när jag gjorde det.

Jag lade mina händer på hans axlar för balans och klättrade upp ur hans knä.

Med darrande händer slätade jag ner kjolen.

När det inte längre var exponerat sa jag:

"Jag vill inte ha det här. Jag vill inte ha dig."

Han skrattade, ett ihåligt ljud.

Hon förde sin fortfarande fuktiga tumme mot munnen, släpade spetsen över sin underläpp och drog sedan tungan över fläcken.

"Du ljuger," sa han, "du vet det. Och jag vet det."

"Skräp. Det är inte du. Det var bara ett tag sedan jag gjorde det. Jag kunde ha reagerat på att vem som helst kollade det på mig."

"Hur länge?" frågade.

Tio månader, tänkte jag, men svarade:

"Det angår inte dig".

"Gå då", sa han och pekade på dörren, "spring Nancy. Du är säker i dina små lögner för nu."

"Vad menar du nu?"

Jag förbannade mig själv för att jag svarade honom.

Varför kunde han inte låta det vara?

Varför måste han alltid veta?

Han tog ett steg mot mig.

"När jag vinner vår satsning. Innan jag tar din röv, ska jag få dig att erkänna det. Erkänn att du älskar mig."

"Ja? Du..." Jag hejdade mig innan jag såg för dum ut, men jag kunde inte låta bli att ta ett steg och sticka in ett finger i hans bröst.

Han drog bort mitt finger från sitt bröst och låste min hand i hans.

"Du kommer att tigga mig, Nancy Harrison."

"Inte i dina drömmar," väste jag, vände mig bort och gick ut från hans kontor.

Jag var två steg ner i korridoren när jag stannade, vände mig om och gick tillbaka till hennes öppna dörr.

Han satt vid sitt skrivbord och tittade konstigt på sin skrivbordslampa.

"Tack för middagen."

Han tittade upp och gav mig ett leende som, om jag ens var lite benägen att vara ärlig, måste jag erkänna att mina knän blev vatten.

Istället för att vara ärlig släppte jag ut ett argt morrande och gick tillbaka in i korridoren.

KAPITEL VI

"Han fuskade", viskade jag och gapade på mejlet jag just fått.

"Vem fuskade?" frågade Tracy.

Jag satt på kanten av mitt skrivbord och inspekterade hennes naglar och väntade på att han skulle sluta så att vi kunde ta en drink efter jobbet.

"Jeremy Cartwright har överträffat målen".

"Jag vet", sa han med fullständig likgiltighet inför blandningen av adrenalin, panik, lust och ilska som virvlade i lika delar genom min kropp.

Hon hade inte berättat för Tracy om vadet.

Det var för dumt och barnsligt att prata om det, och eftersom det hade med Jeremy Cartwright och sex att göra tvivlade hon inte på att Tracy skulle vara på hennes sida.

"Vad menar du att du vet?"

"Han har precis fått tillbaka hela laddningen på sitt konto. Så självklart kommer han att toppa listan."

"Den där?" ordet kom ut som ett högt skrik.

"Han har varit på kontoret på deltid. Han kom hit från Chicago för att ta hand om sin farfar. Men nu har han gått in på ett vårdhem på heltid, så han är tillbaka på jobbet på heltid också."

"Hur visste jag inte det här?"

"Kanske för att du aldrig lämnar ditt kontor? Kanske om du pratade med någon annan än mig..."

Räck upp handen.

"Wow, så jag pratar med dig. Så varför berättade du inte för mig?"

"Efter den jävla julfesten hade du dina trosor så vidare", suckade hon och höll upp fingrarna för att göra citattecken och sa, "hon förbjöd mig att nämna hennes namn."

OK, så kanske allt detta var sant.

Han kanske inte var så lat som han trodde.

Men han var verkligen så listig som han trodde.

Han visste att han skulle vara tillbaka på heltid.

Vadet var riggat!

Lutade till hans fördel hela jävla tiden.

"Var ska vi ta en drink?"

Hon rynkade pannan.

"Harry's, dit vi alltid går."

"Nej. Låt oss gå till Irishman."

"Irländare?" Tracy höjde sina ögonbryn så högt att de nästan sköt ut ur hennes ansikte. "Du hatar irländare. Det är dit de alla går."

"Jag vet."

Det är där han skulle vara.

Den listiga lögnarråttan och jäveln.

KAPITEL VII

Han var inte där.

Ännu en anledning till att min ilska stiger.

Jag hatade irländare.

Det var ett favoritställe för typiska mäklarklädda kontorister och tyvärr, främst på grund av närheten, för Williams Resource Recovery.

Jag rasade i ungefär trettio minuter för att tidens man skulle komma.

Det gjorde hon inte, så jag lämnade Tracy omedvetet nöjd med sin cocktail (och en naiv ung handelsbankman) och gick tillbaka över gatan för att se om hon fortfarande var på sitt kontor.

Det var.

Han väntade tydligen på mig, för när jag öppnade hans dörr gjorde han inte mycket mer än att luta sig tillbaka i stolen och le.

"Du fuskade."

"Inte riktigt sant, miss Harrison. All information var tillgänglig för dig. Du har bara inte fattat det eller inte fann det intressant att få det."

Sanningen i hans ord sved mig.

"Låt oss göra det då", sa jag i en blixt av adrenalinfyllt bravader som jag ångrade i samma ögonblick som mina läppar tätade runt orden.

"Stäng dörren", gav han kommandot och reste sig.

Mitt hjärta slår hårt.

Min hals drog ihop sig.

Jag vände mig mot hans dörr och tänkte på en läcka.

Jag är inte säker på hur exakt mina skakiga fingrar kunde aktivera låsmekanismen.

Jag vände mig mot honom.

Värme och skrämmande frossa drog i motsägelsefulla vågor över min kropp.

Jag började svettas samtidigt som små nålstick rann genom huden.

Jag kom ihåg att han på sitt skrivbord hade sagt att han ville ha mig, så med benen svaga av rädsla reste jag mig upp tills mina lår träffade träet.

Han hade flyttat sig från skrivbordet för att dyka upp bakom mig.

Jag fixade benen och slöt knäna.

Jag vägrade låta honom se mig darra.

Han myste nära.

Jag kunde känna värmen från hans kropp.

Jag vände på huvudet, tittade över axeln, men fick ingen ögonkontakt.

"Kjol eller ingen kjol?" frågade jag med låtsad likgiltighet.

Han skrattade, ett mullrande ljud som vibrerade mot min hals.

"Är du så orolig?" mumlade hon.

"Gör det bara redan", slängde jag ut orden genom sammanbitna tänder.

"Sa inte.

"Vad menar du nej? Det var din dumma idé!"

Jag vände mig om och fann mig fången i hans famn.

Hon hade lutat sig fram för att vila handflatorna på skrivbordet.

Han talade mot min nackes kurva.

"Nej, jag vill inte," hennes läppar släpade mjuka kyssar över de spända senorna mellan varje ord, "Jag vill ha dig. Blöt. Vill. Tigger."

"Jag kommer inte att tigga", sa jag medan jag böjde min nacke bakåt för att ge hans syndiga mun mer utrymme att röra sig.

"Du ska göra det." Han förde en hand mot min haka för att lyfta upp mitt ansikte för att titta på honom. "Du älskade det förra gången. Du ville ha mer, eller hur?"

Jag kämpade mot greppet om hakan och skakade på huvudet.

Han sänkte sin mun mot mig, hans läppar rörde sig över mina och han sa:

"Lögnare".

Jag öppnade upp för honom utan att tänka.

Jag lät hans tunga leta sig fram till min och suckade av njutning när den blöta spetsen spelade mig så bra.

Väl.

Så bra.

Så här hade det fallit förra gången.

Det hade inte varit tequilan.

Det hade varit hans mun.

Det var det som hade berusat mig för att öppna benen.

Jag välvde mig in i honom och älskade känslan av hans hårda bröst som tryckte mot mina bröst.

Hans mun lämnade min och jag kunde inte hjälpa den besvikna suck som förlusten gav.

Han gick på knä.

Jag tittade på honom medan hans händer sakta rörde sig uppför mina vader.

Hans händer stannade på mina knän för att sprida mina ben bredare.

Jag gjorde det utan protest.

Under min kjol kom fingrarna.

Skjut dem, glider dem längs den mjuka, känsliga huden på mina inre lår.

Kjolen fångade mina ben och när jag försökte sprida ut dem bredare ville jag plötsligt ta av den.

Jag ville ha ut allt.

Jag körde med fingrarna mot sidodragkedjan på min kjol, men den vek sig inte.

Jag famlade efter kjolen.

Frustrerad släppte jag en förbannelse som fick honom att skratta.

Verkligheten ingrep vid ljudet och jag insåg hur snabbt jag hade kapitulerat.

Tanken gjorde mig upprörd: Åh, vad han måste älska det!

Jag släppte blixtlåset i ett huff och tittade ner, redo att säga något sarkastiskt när jag fick syn på hans ögon.

Det fanns inget skratt där, ingen triumf, bara rå, naken nöd.

Det slog mig hårt.

Luften lämnade mina lungor i ett sorl.

Verkligheten upplöstes med hennes behov av att bli knullad.

Luften förändrades då i det ögonblicket.

Det blev elektriskt, gnistrande med sken av vårt behov.

Jag slet sönder sidan av min kjole.

Ett genomträngande ljud som slet genom luften, men jag brydde mig inte.

Jag ville ha ut allt.

Alla ut.

Just nu.

Han hjälpte mig sänka kjolen.

Det samlades vid mina fötter och lämnade mig stående i bara mina klackar och knähöga.

Jag gick för att ta av mig skorna, men han skakade på huvudet och utbröt ordet

"Nej".

Hon hade enkla trosor på sig.

Inget fancy, inga spetsar, bara rosa bomull, men de fick honom ändå att stöna.

Jag kände en våg av njutning vid ljudet.

Hans fingrar attackerade min blus och ryckte i de pärlemorfärgade knapparna med fullkomligt förakt.

Jag hörde ett pling från hyllan när han öppnade min blus.

Sedan ställde hon sig upp och förde skjortan över mina axlar, drog sin hand upp i mina armar för att ta bort den helt.

Han drog sig undan och tittade på mig.

Jag kämpade mot lusten att täcka mig och grävde in fingrarna i kanten på skrivbordet.

Tiden stod stilla medan han tittade tills han blev mätt.

Min andedräkt bröt tystnaden på kontoret.

Vänta.

Tid.

Mina bröstvårtor svullnade smärtsamt, min våta fitta väntade.

Hon var inte van att vänta.

Kontroll var inget jag gav upp lätt.

Hon var spänd som en vibrerande sträng när hon väntade på att han skulle göra sitt drag.

Hans rörelser verkade medvetet långsamma när han kom tillbaka för att stå i närheten.

Som om han hade lugnat ner sig efter suget att ta av mig mina kläder.

Han talade inte, istället muttrade han otydliga ljud av njutning när han förde sina händer över min hud.

Han utforskade mig som om han kartlade min topografi, hans fingrar följde varje dopp och kurva med intensiv koncentration.

Jag stönade och knackade på höfterna, otålig på att fingrarna skulle röra sig söderut.

Han ignorerade mina höfters enträgna rörelser och fortsatte sin plågsamt långsamma utforskning.

När hans fingrar gled ner för min mage och strök mot den elastiska kanten på mina trosor, stönade jag.

"Ja".

Jag trodde att han skulle gräva djupare och slutligen röra vid min fitta, men istället förde han sina händer mot mina höfter och vände mig till att stå framför skrivbordet.

Hans fingrar rörde sig retsamt över min röv och gled sedan ner för att kupera mina anklar och spred benen längre isär.

Jag var tvungen att luta mig framåt för att få balans och vila mina armbågar på hans skrivbord.

Masserande händer flyttade upp på vaderna, begåvade fingrar grävde in i muskeln tills tiden blev nästan flytande.

När han nådde mina knän tog han sin mun i spel och släpade blöta kyssar över den känsliga kurvan.

Jag kunde inte låta bli att svaja med höfterna, min kropp rörde sig utan att tänka, gungade av njutning.

Jag suckade medan hans tummar grävde sig in i mina muskler och lugnade knutarna och värken.

Där hennes fingrar tog vägen följde jag hennes mun, kysste, bet, slickade och till sist strök jag över hennes hakstubb.

När hans händer sträckte ut sig för att kupa min rumpa, väntade jag, redo att han skulle ta av mig mina trosor.

Han gjorde det inte.

Istället gled hon in tummarna under den fyrkantiga kanten på de ungdomliga trosorna och lyfte upp dem.

Han ryckte tills tyget trängde in mellan mina skinkor och gungade mot min blöta slits och bultande klitoris.

Jag reste mig upp på tårna med ett flämtande när han ryckte i mina trosor med förödande effekt.

Jag skulle kunna komma så här.

Jag insåg det när den blöta trasan smekte min klitoris.

Jag backade och uppmanade honom att fortsätta med mina flämtningar och stön.

"Ja. Ja," stönade jag när jag kände början på en förestående orgasm.

Och han slutade med att slå mig i rumpan.

"Inte än", sa han, och jag bokstavligen bet tillbaka lusten att skrika och satte smärtsamt tänderna ner i min underläpp.

Han tog av mig mina trosor i en rörelse.

Båda hans händer tog tag i kanterna och drog ner dem snabbt.

Han rörde vid mitt ben när trosorna, sträckte sig till det yttersta, nådde mina knän.

Eftersom jag inte rörde mig tillräckligt snabbt slet han sönder mina trosor i kilen.

De två kvarlevorna föll på mina skor.

Jag hade inte tid att protestera.

I samma ögonblick som min rumpa var bar gled han in mina ben ytterligare och begravde sitt ansikte i min rumpa.

Hans händer gick mot mina skinkor, med utsträckta fingrar öppnade han dem ytterligare.

Jag skrek i chock i samma ögonblick som hans tunga träffade min rumpa.

Små svängar.

Jag fann mig själv ringa i takt med honom med hans tunga:

"Uh-uh-uh-uh..."

Känslan var otrolig.

Jag har aldrig känt något liknande.

Jag gungade mot hans mun.

Mina händer sträckte ut mig och grep tag i bordet.

Papperen gled under mina fladdrande armar och skrynklades ihop mellan mina fingrar.

En hand lämnade min rumpa för att gå mellan mina ben.

Hans tumme, jag tror att det var hans tumme, störtade ner i min blöta fitta och sedan ner till min klitoris.

Han cirklade runt den svullna nuppen när hans tunga tryckte mot mitt anus.

Jag kände hur det trånga anuset slappnade av vid det ihärdiga trycket från hans tunga.

Språk.

Tummen på min klitoris.

Jag dukade under

Min mun tryckte mot träet.

Jag grät med djurljud, utan ord, skrik och morrande.

"Uh, uh, uh, eeeeee", jag kände hur mitt anus drar ihop sig på hans tunga.

Hans tumme gjorde ett sista slag på min klitoris och sedan doppade hans fingrar ner för att kasta sig in i min fitta.

Jag drog orgasmen in i hans hand och drog ihop den i hans fingrar.

Utmattad gled jag framåt och släppte fler papper på golvet när jag föll ihop till min överkropp på hans skrivbord.

När jag låg så här, utsträckt på hennes skrivbord, kom hon fram bakom mig.

Jag kände trycket från hans erektion inbäddat mellan mina skinkor.

Känslan av hans hårda kuk just där påminde mig om vad som ännu inte har betalats och jag spände mig.

KAPITEL VIII

Han körde en hand längs min nu stela rygg längs ryggraden.

"Slappna av", sa han medan han sakta rörde sig uppför utbuktningen av min ryggrad.

Jag kunde inte slappna av.

Allt jag kunde tänka på var storleken på hans kuk och storleken på mitt rövhål, vilket fick mig att krypa ihop.

Han lutade sig över mig med munnen vid botten av min hals och mumlade:

"Okej. Jag kommer inte att skada dig. Jag skulle aldrig skada dig."

Jag förblev stel och talade inte medan hans hand fortsatte att smeka min rygg.

Jag hade fortfarande min bh på mig.

Han stannade vid remmarna för att flytta spännet.

När remmarna var lossade förde han sina händer mot mina axlar, med en lätt klämning som lyfte upp mig.

Han tog ett hårt tag i mig och drog mig mot sig.

BH:n lossnade när jag satte mig upp och han rörde sina händer för att kupa mina bröst.

Hans tummar gick över de härdade spetsarna på mina bröstvårtor.

Han var fortfarande fullt påklädd.

Hans bältesspänne kändes kallt mot min nedre rygg.

Han vände sina höfter mot mig och tryckte sin kuk i långsamma cirklar mot min rumpa.

Spänningen som grep tag i min kropp lättade sakta när hans mun rörde sig nedför min hals.

"Så vackert", mumlade han.

Han sträckte sig ner för att kupa min fitta, krökte fingrarna mellan de våta läpparna och doppade kort tipsen på två av sina fingrar inuti.

Jag stod på tårna för att ge honom mer tillgång, lutade mig framåt och litade på att han skulle hålla upp mig.

"Ja", sa han och nypte bröstvårtan på mitt vänstra bröst, en otrolig känsla for genom min kropp.

"Böj dig ner", sa han medan hans fingrar lämnade min fitta och satte sig på min nedre rygg.

Han knuffade mig försiktigt framåt tills mina höfter nudde kanten på skrivbordet.

Jag slappnade av och lät honom placera mig där jag behövde honom.

Jag kände hur han föll på knä igen.

Hans händer släpade nerför mina inre lår tills hans tummar vilade mot klyftan på min fitta.

Han gled in ena tummen och sedan den andra inuti.

Jag väntade på att han skulle trycka vidare, men det gjorde han inte, istället förde han sina blöta tummar mellan min rumpa och entrén.

Han cirklade med sina blöta tummar runt det känsliga hålet.

Jag tryckte bakåt och trycket ökade tills tummen gled in i muskelringen.

Jag flämtade vid invasionen, men protesterade inte.

Han spelade, tryckte in den ena och sedan den andra tummen.

Jag ville ha mer, mycket mer.

Det flyktiga trycket var inte tillräckligt.

Jag ville bli mätt.

Jag började tala, " Jeremy för..." och sedan flämtade jag.

"Vilken älskling, vad vill du ha?"

Jag svarade inte.

Jag förde min arm där pannan hade vilat mot munnen och bet i köttet.

Han fortsatte de retsamma små stötarna in i mitt anus.

Jag tryckte tillbaka, min kropp bad om mer.

"Säg det", sa han och jag visste att han inte skulle ge mig mer om han inte sa orden.

Jag gjorde motstånd och gungade fram.

Mitt blygdben träffade kanten på skrivbordet och jag insåg att om jag släpade mig lite så skulle jag klara det.

Jag rörde mina höfter, men han, som om han kände min plan, tog tag i mina höfter och tvingade mig att hålla mig stilla.

Just i det ögonblicket sänkte han huvudet mellan mina lår och lutade sig in för att ta ett långt sug på min slits.

Jag morrade, och sedan när hans tunga fortsatte att återvända till min rumpa, flämtade jag.

Hans mun lossnade från min rumpa och jag gungade mina höfter bakåt för att han skulle fortsätta.

Han tog tag i mig igen och sa:

"Berätta för mig".

Jag lät min kropp skrika medan mitt sinne fortfarande vägrade.

Han reste sig och jag lyfte upp huvudet från skrivbordet och tittade över axeln.

Han hade klädt sin kuk i en kondom vid något tillfälle, hans byxor var öppna på höfterna och hans latexklädda kuk guppade tjockt och hårt.

Jag såg med stora ögon när han strök sina slanka händer över sin erektion.

Med orden fångade i min hals sträckte han sig framåt och tryckte det breda, hala huvudet på sin penis mot min anus.

Han gungade med höfterna och tryckte spetsen lite så lätt in i min rumpa.

Jag väntade på sträckan, nedgången, men han rörde sig inte längre.

Jag tittade upp på honom och mötte beslutsamma blå ögon.

"Säg mig snälla", flåsade jag, "älskar du mig?"

"Fan yeah", morrade han, "jag vill knulla din envisa rumpa."

Det räckte.

Nog för att jag gav efter.

"Ta den. Ta den snälla, Jeremy, ta mig."

Han gungade framåt, sakta, mycket långsamt, och tryckte in kukhuvudet i min rumpa.

Jag flämtade i processen.

I kliandet

Hon höll på att inte berätta mer för honom när hon med en hal pop gled genom den snäva muskelringen och lindra smärtan.

Han sträckte ut en hand på min nedre rygg medan han gungade inuti mig.

Jag njöt av mätthetskänslan, förvånad över hur bra det kändes.

Jag började vänja mig vid den långsamma gungande känslan när han tog tag i mina höfter och började stöta.

Han tryckte hela sin längd in och ut ur mig.

Hans bältesspänne klickade varje gång han bottnade.

Varje stöt förde roten av min klitoris mot skrivbordet.

Jag kände en stigande orgasm.

Jag klämde till av förväntan och hörde henne stöna när hon gjorde det.

Han gjorde det igen.

Med varje stöt, skulle jag klämma min röv hårt runt hans kuk bara för att höra honom stöna.

Han slog mig hårt, jag var så inställd på att tajma mina grepp med hans stötar att orgasmen kom över mig nästan utan förvarning.

Jag flämtade, lutade mig bakåt och kände den konstiga och överraskande känslan av min rumpa knöt ihop sig i orgasm runt hans kuk.

Han grymtade, stötte och stannade medan mina muskler darrade runt hans längd.

När min orgasm lagt sig började det igen.

Ingen rytm tryckt.

Jävla kort och sedan lång.

Djupt och sedan grunt.

Tills han med ett suckande stön ropade:

"Jag cum!"

Han föll ihop ovanpå mig och tryckte mig mot skrivbordet.

Han stänkte kyssar längs min nacke och skulderblad och stannade då och då för att slicka svetten från min hud.

Jag stod still och njöt av vikten av honom på mig.

Jag stod där vid skrivbordet, naken och spridda ben när han reste sig upp, lossade kondomen och rätade på kläderna.

Det var först när han satt vid sitt skrivbord som jag äntligen reste mig upp.

Jag hade en bit papper tejpad på mitt vänstra bröst.

Det hade gått från det sublima till det löjliga.

Jag tog av den, gav honom den och sa:

"Jag hoppas att det inte är viktigt."

Han tog det från mig med ett leende.

Först letade jag efter mina trosor och sedan insåg jag att de var i två delar tog jag bara på mig min tillplattade kjol.

Dragkedjan gick bara upp halvvägs, bruten upptill.

Min skjorta var inte heller bra, två knappar saknades och den hängde öppen framför mina bröst.

När jag tittade på hur min katastrofala outfit hade blivit, hade Jeremy rest sig från sitt skrivbord och plockat upp sin kavaj.

Han räckte den till mig och jag satte på den.

Det kom ner till mitten av låret och täckte det mesta av skadan.

När jag kavlade upp mina för långa ärmar satte sig Jeremy tillbaka vid skrivbordet mitt emot mig.

"Så", sa han och såg plötsligt inte lika säker ut.

"Så" sa jag igen.

"Jag vill inte vänta ytterligare tio månader på det här."

Min mun tappade något.

Jag stängde den och försökte hitta något sätt att svara.

"Nancy, min kära, du är den mest envisa, klumpiga kvinna jag någonsin har träffat."

Upprörd, jag hittade lätt ord för att svara på det!

Jag öppnade munnen för att spotta ut lite hemlig sanning om honom när han sträckte ut handen och lade ett finger mot mina läppar, tyst.

"Du älskar mig. Jag älskar dig. Helvete, jag ska erkänna det! Mer än att älska dig. Jag gillar dig. Varje envishet hos dig. Låt oss försöka."

När han sa orden visste jag att det var vad jag ville.

Vad jag verkligen ville.

"Verkligen? Du menar allvar", viskade jag.

"Du slår vad om din söta rumpa," sa han och drog mig framåt för att ta min mun i en passionerad smältande kyss.

"Ja", mumlade jag mot hans läppar.

"Äntligen kände du igen honom", sa han och kysste mig hårt en gång till.

SLUTET

129